U0074245

小潔和替身機器人

岳冰 著

推薦序
在預言中走向自己

王立春（兒童文學作家、詩人）

無法想像，有一天，我們的現在成了「古代」，遙遠的未來人類對此刻的我們評評點點些什麼呢？更無法想像未來世界真實的樣子。

一切都在飛速地變化，或許，有些叫做未來的生活，等不到我們成為「古代」就會倏然而降。想像遠沒有飛馳而來的文字真實。就在某一天早上，我醒來，岳冰的《小潔和替身機器人》降臨到我的面前。我一口氣看完，長長地舒出一口氣，鎮靜地看看四周，太陽已升空或已西斜，燦爛而真實，還好，我依然生活在原地。但是一顆心卻在文字中迷失了很久，變得有些恍惚。原來，我已經跟岳冰的故事走出了很遠，在某個將來時態裡，我跟著她經歷了一段恍如隔世的生活。

在生活的那一邊，有一個未來。這個未來在一個學校的六年級，經過優選基因培育出來的孩子個個美麗聰明博學。這天，來了一個機器人同學，它用一個女孩的聲音說話，散發著女孩特有的快樂、純潔和美好。原來，她是一個患有「先天性敏感肌膚綜合症」的女孩的機器替身——女孩小潔因患病走不出屋子，她的科學家媽媽製造了一個機器人，來代替她認識外面的世界，帶著模擬她的眼睛、嘴巴、聲音及所能攜帶的所有感覺，來和她的同齡人一樣上課，感受學校、同學和生活。從這裡開始，故事變得舒緩而有韌性。我們跟著主人公沈遲和周小優們一起和這個機器人同學開始了一場奇妙的經歷。這是一個令人驚詫的故事，在驚詫的閱讀中我們又被敘述者不時流露出的某種氣息所打動。故事中有很多機器人的細節，想必是作者在寫之前做了大量功課，每一個細節的出現都讓人信服並且認同。故事中還有很多看上去和現在小學生大同小異的校園生活，這也經過了作者的過濾和打磨。故事的文字還流露著揮之不去的憂傷情緒，不用說，這什麼也不需要，只要是岳冰，自然會這樣來講她的故事。

當書中描述的那個未來時代來臨，我在想，那時，會不會有人記得這位寫作者少女時的樣子？那一年，我第一次見到岳冰。她梳著兩只散散的辮子，目光猶疑而困惑。大概，我想，那些身上帶著的好多特質都是我少女時代有的——可是，我生命裡哪出現過「少女時

代」這個詞？還沒等奢侈著那個花季，就一閃即逝了，我們從不用這個詞。於是，我由衷地笑了，她也笑了，我們牽著手，牽著她的少女時代，一起輕鬆地往前走。

從那時起，我就聽她講故事了。她給我講她的高中時代。不是用文字，而是面對面的傾訴。那時的她像所有的高中女生一樣，被即將臨近的高考揉搓著，有些神情渺然。那時，我就認定，這個不滿十八歲的女孩，將來一定會用如是的文字講述她自己。

她應該講出這樣的帶有夢幻色彩的離奇故事。

她的腦子裡充滿了幻想，這種幻想沒有一刻離開過她。這是與生俱來的。她似乎在童年少年的經歷中，從來和別的孩子的想法不一樣。當別的孩子玩耍時她看書，當別的孩子投入到學習中時她又抗拒。好像在她一路走一路思考的路上，從沒有停止過與眾不同，這樣的成長路數，註定她在少年時代出現各種各樣的「擰巴行為」[1]。比如，大家都全力以赴衝刺高考時，她的神思根本無法像別人一樣按部就班地複習，大部分的時間裡她都以對抗的姿勢呈現著自己。以至於讓校長、老師、家長都十分頭疼。有一天，她被老師攆到教室外罰站，她就勢跑到校園邊的小樹林裡。忽然，不遠處傳來了琴聲，她的心立即被水洗了般清澈了。她

[1] 編按：擰巴，中國北方口語，多用來形容人個性彆扭、喜愛較勁。

看過去，原來有個和她差不多大的男孩在吹口琴。她走過去，也不說話，就坐在他身旁聽，一個琴師，一個聽眾，時間彷彿停止在那裡。她後來說起這件事時，說她不知道那個男生的名字，甚至都沒說一句話，但那氣息和音樂卻照亮了她。那是她高中生涯中最美的記憶。她後來還想蹺課，甚至還想被老師罰，好能夠再去河畔樹林裡去聽聽那聲音，看看那身影，但卻再沒如願。她之後去找過好幾次，那個男孩子再沒出現。那是美的，真實而未能再現的美。對於她，猶如期待了很久的一個夢境。她幻想中的所有美感都在那一刻呈現出來，這種美湧動在她的青春裡，讓她不得安寧。於是，她要寫出來，把那美的瞬間和滿腦子的幻象都用文字表達出來。她寫的小東西很早就發表了，那些文字，流露著她靈動的幻想。或許是釋放自己，也或許是填補那些未能實現的種種，她在文字中實現著自己的理想。

她大量的閱讀也促使她能寫好這樣的故事。

從小爸爸媽媽給她最多的禮物就是一本一本的小書，文學書。她一步一步地向那些書中走，很早，那些小兒科的書籍被她一批一批甩在了身後，她開始向經典書本攀登，積累了很大的閱讀量。這應該是每個文學孩子躲不開的經歷，岳冰毫不例外，她從這條路上走過，一路留下色彩繽紛的閱讀體驗，這為她的寫作奠定了堅實的基礎。無法想像，如果沒有閱讀她那顆裝滿奇思妙想的小腦袋會轉向哪里。她讀大學讀研時，我們見面的機會不多，但每一次見面，她最津津樂道的是談讀書，每一次見面，她都把自己最愛的書送給我一本。那裡面蘊滿了她的追索和摯愛。掙脫了小學到高中的學習壓力後，她有一項「潛能」一下子像火山一樣爆發了。是的，走。她開始了利用一切可利用的資源開始旅遊，各種各樣的地方，讓她用硬板火車的模式轉了一圈又一圈。在書中不能找到的答案，在旅途中找；在時間上找不到的答案，在空間中找；在歷史中找不到的答案在現實中找。她的靈魂攜著書本，身體攜著風聲，一路走下去。這是閱讀的一種，在這種閱讀中，她漸漸清晰和明朗了自己未來的方向。

她天性裡的純真和對童年固守也使得她一定能寫好這部作品。

大概三四年前，大學沒畢業的她終於向我捧出了一本自己的作品《來自精靈世界的媽媽》，那時她剛好二十歲，我驚詫地看著她，知道那時，她已經把自己的內心的一部分呈現出來了。那是一部讓人心疼的作品，親情在一個小女孩的眼裡，變得那般美好和聖潔，我甚至有幾次都落下淚來。她用大學所學的專業知識，專門為這部書改編的小劇本拍了一部片子。至今想起來都是那麼溫暖。這個孩子，她從來都是那般敏感純潔，從來對那個小小的童年都懷著最深情的凝眸。她不想離開童年，那讓她豐富的心靈永遠茂盛的地方，那給予她無限幻想無限真純時光。守住了童年，就守住了一個人的黃金時代，這一點，對一個寫作者，尤其是一個致力於兒童文學的寫作者，何其重要。我發現岳冰發現了這一奧秘，她出版的這兩部書都是直指童年，直指成長，直指那些讓人發出光澤的生命原初的狀態。或許，她的理想和願望只有停泊在那個純真年代才能夠讓自己變得有力量。同時，她也是一個易感的孩子，這種易感在寫作裡可能說是一種特殊的才能，但在生活中，會因為碰到這樣那樣的俗世而讓她容易受傷，甚至比別人要疼上幾倍。生就這樣的一顆心，只好捧著它小心翼翼地前行。還好，上天眷顧，讓她擁有揮灑文字的時光，擁有一個可以隨時躲起來的童年，擁有一種自我撫慰自我修復的能力。

一個作家最好的講述也許不是故事本身，而是他指向自己精神的深度。我在她的敘述中流連的時候，欣喜地看到她對精神世界的探索和對文學審美高度的追求。那些講故事時所攜帶的個性文字時常會在某一段情節中現出光澤度。這是不易的。只有詩意的文字才會使寫作者呈現出區別於他的辨識度，也才會讓自己的作品發出時間帶不走的光芒。

所以，我確信，她越往前走，會寫得越好。

《小潔和替身機器人》放在飛速變化的大的社會背景下，與其說岳冰給我們帶來了一部幻想文學，毋寧說她給我們呈現出了一個預言。預言是可以實現的。我相信，人類社會離這個預言的距離會越來越近。這也給幻想小說作家岳冰提出了一個更遠的目標，用靈魂去預測更遙遠的生存，用詩意去觸及世界那邊的無限美好。

預言只有開始沒有結束。此刻，我想對這個年輕的姑娘說，才剛剛開始，前方芳草鮮美，落英紛紛，那裡的一切，都屬於妳。

2018年1月 於瀋陽

推薦序
生命就是一個醒不來的故事

吳明益（東華大學華文系教授）

幾年前我的課堂上出現了一個削瘦的，帶著天真又倔強的氣質，上課時總喜歡看向窗外的女孩。她來上課前寫了一封長信給我，說「我叫岳冰，我的家鄉在有時候一個冬天會下三十場雪的遼寧阜新。我始終對文學滿懷熱愛並一直在努力嘗試和探索，從小學開始我一直在寫童話故事和少年成長類的小說……」

來旁聽的那一堂課她帶了自己的作品《來自精靈世界的媽媽》送我，我回送了她《浮光》。我回去時翻看了那本帶些生澀感的童話，確定自己班上多了一個想賣夢維生的人。

與其說人類是渴求故事的生物，不如說人類是渴求「說」故事的生物。長期寫作下來，我發現人是為了說故事而聽故事的。當我們聽（讀）故事時，腦中有一個聲音呼應著它，等

故事結束，一切會在你腦裡頭成為雲霧，像夢一樣重新成形。某個時刻你醒來，故事變得難以解釋，這時唯有你開口轉述時，「那個故事」才能再次轉世。這時，即使你說的是別的故事，但訴說者已經變成你自己了。當我們選擇「說」某些故事時，自己的性格與靈魂也就隨之注入其中。

所以我常跟學生說，不能只是「讀」書，還要試著「說」書。書說久了，自己或許就能寫了。

岳冰從來不是需要這麼叮嚀的學生，她在我課堂出現時已經是個作者，所以只需要以本身的慣性航行下去就行了。果然，每經過一段時間，我的信箱裡就會出現一個故事的開頭，或者是一場情節的片段。岳冰是一個不吝把殘缺的故事與人分享的人，能分享殘缺的故事，是能寫出完整故事的第一步。因為「說」本身會產生生命力，它會讓故事生長出自我完成的性格。

岳冰在花蓮的幾年時光裡，說了不少故事。這些故事有個敘事共性，那就是訴說的人是少年（少女），故事裡的主角亦然。我的意思是，不管岳冰現在幾歲，她說的故事總讓我有「訴說者彷彿少女」的感覺。而她的故事裡的內容共性，則是抗拒既有的教育體制與命運，強烈期待自由與開放想像。

《小潔和替身機器人》是她的畢業作品《醒不來故事集》裡的一部，這個故事集裡的另一部小說叫《光椛里的盡頭》。在「光椛里」這個地方，每個人都是以進入他人的夢境維生，只是回到光椛里之後，就不得再回憶夢境，要專注為進入下一場夢境做準備。由於這種特殊能力，因此「時間」對光椛里的人來說是一種幻覺，是不存在的標尺。光椛里的人以飛船來回在他人的夢境之間，像是責任（只要有人記住的事就會一直存在），也像是生命的隱喻，直到一個叫陶沁的孩子流連在某些夢境醒不來……

我們都知道，醒不來跟不願醒來是不同的。對某些記憶來說，醒不來比不願醒來更讓人感到悲傷。這個故事雖然像是以籮筐裝水（以故事的構想來說，它很難做到天衣無縫，只能像童話故事一樣不解釋許多事情的因果），但它卻有著以籮筐裝水的魅力——水珠會在籮筐的邊緣停駐，彷彿珍珠。

《小潔和替身機器人》則是將時間設定在充滿機器人的未來。主人翁沈遲是一個有著各種缺陷的孩子，他多思多慮，長相不夠精緻（在當時孩子的長相也是可以訂製的），充滿各種多餘的、沒必要的情緒（浪漫感、同情心）。這個班上有個和沈遲對比的人物是周小優，她是完美孩子的代表，當然也就充滿著傲氣與自以為是的優越感。

這就像是「古代」（也就是我們身處時代）的正常小學樣貌，班上有著各種資質的學

生，但學校機制總是慣縱或關注那些獨特的、優越的，或是家境富裕的孩子。不過故事在這邊由一個插入的人物打破，那是一個藍色的優雅機械人。正常來說，機械人是不允許和真正的孩子一起上課的，不過那是一個「替身機械人」，原因是真正的孩子宋小潔身體狀況沒有辦法來上課，所做出的權宜措施。

做為一個讀者讀到這裡合理推測，這三個孩子必將有一番冒險旅程，而這趟冒險旅程，也將是他們跨過孩子與成人界線的重要歷程。

岳冰曾跟我說她想做一個寫故事給孩子看的人，她喜歡用影像表達情感、沉迷於科幻故事，徘徊在眾多我總覺得有些濫情的回憶斷面。她時常給我寫信提到寫故事時的情緒，一回她說自己寫作寫到十年前的回憶都回來了，一切彷彿昨天才發生，好多本來已經忘記的事情，卻在寫作時精準到細節和表情都記得。

她也提到自己想要寫「懷疑自己人生的英雄」。我聽到她想寫「懷疑自己人生的英雄」給孩子看時，我就覺得一切困難都變得可行了。我說我雖然不懂童話、不會寫童話，但「懷疑自己人生的英雄」是個值得追尋下去的關鍵詞。

岳冰完成這兩個故事時，台灣知名的童書作家張嘉驊老師以及師範大學的范宜如教授分別給了她具衝擊力道的建議。張嘉驊老師要求岳冰在寫給孩子讀的故事時，要試著使用孩

子的語言。我想那意謂著語言的藝術性，不只是在於它本身的創造性，還有著強烈的溝通效果。能吸引孩子專注的語言，才是成功的童書語言。

范宜如老師則舉出例子提醒岳冰寫故事時前後的一致性，讓想像力奔馳固然是好事，但聽故事的孩子可不是簡單的，他們會敏銳地聽出你故事前後某些細節的差異，以及世界的不同。我則常提醒她，把不必要的矯飾文字降低，但又不能低到破壞自己獨特的詩意，也不能把道德教訓當成口頭禪放進故事裡。那微妙的調整是讓讀者感受到文字魅力的關鍵，是天窗該打開多少讓陽光進來的細部調整。

這些我必須坦言目前岳冰都還有努力的空間，但她很誠懇地將這些意見收進了自己的口袋，讓我更相信，她是一個充滿未來可能性的創作者。在這部小說裡，名為「遲」的這個孩子曾經講過一段老成的話，他說他也很想去搭三十多小時的火車，收到慢慢傳送而來的郵件。是啊。「慢」就是故事與人值得珍重的特質，它延遲一切，讓我們得以理解細節。我也在期待著一個年輕童話作家的慢慢長大，有一天像她筆下的大海一樣（她寫過一首詩叫〈大海誰都認識〉），不吃飯也不睡覺，每時每刻都在講故事，用「嘩嘩嘩」的聲音講故事。她會藉寫作認識自己筆下的每一個角色與世界，而她的讀者（那些孩子們）也將透過她的文字，提前體驗人生的傷痛與溫暖——把生命說成一個醒不來的故事，讀成一個醒不來的故事。

目次

第一章　奇怪的機器人同學

大家說我們現在生活的時代是一個充滿著無數可能性的時代，是最好的時代。可我一直很懷疑這個說法，我在日記本裡稱呼我們這個時代為「機械時代」，我覺得現在的生活過於依賴機械了，除了閉上眼睛做夢，醒過來做任何事都要請機械幫忙。它們從來沒讓我覺得生活變方便了，它們讓我覺得壓力很大，也讓我的媽媽覺得壓力很大。讓我覺得壓力很大的原因是，現在的社會結構是少部分人掌管機械，而機械在控制大部分人的生活。所以大家從小就被家長灌輸，一定要成為機械上人，這樣才會贏得某種尊嚴。每聽到這種話我就覺得我的腦袋都嗡嗡作響很久。

我叫沈遲，是光明小學六年一班的學生。我們班現在正在講歷史，我的同桌周小優正在算數學題。這是個急速運轉的時代，歷史課一週只有一節。我覺得歷史很有意思，是一門像空間很大的課，人類到底是走了一條怎樣的路才走到我們現在這個時代的，我就在想課本沒有講到的地方發生了什麼事，我還一直很懷疑人真的是猴子變的嗎，我覺得這些沒有答案

的東西比一定要產生固定數字的數學題有趣多了。偏偏這個時候周小優在一邊抱怨說：「真不知道為什麼要學這些，在那些什麼都沒有的時代發生了什麼事對現在的生活會有什麼幫助嗎？所以這簡直是浪費時間。所以這種課就是讓你們這些學不會高級學科的笨蛋有事可做的笨蛋學科。」她覺得，歷史課並沒有什麼實質用途，用一半的精力來對待就夠了。然後在發表自己觀點的時候還不忘打擊一下我，她一直都是這樣，別人是口吐玫瑰，她是口吐狼牙棒。周小優是我的同桌，是個名副其實的資優生。她更迷戀物理、化學、醫學這類具有挑戰性的學科。

我一直都很佩服我的同桌周小優，因為她幹一切事的效率特別高，智商也很高，算數學的時候還能讓一隻耳朵聽歷史，倒是也能把知識點很牢固地記下來。而我遠沒有她聰明，我只能幹一件事，我得保持兩隻耳朵聽歷史，一邊看著課本把重點畫下來，就算是這樣，我的歷史成績也永遠沒有她好。「什麼？在古代，癌症這種症狀也能導致人去世？」一邊做數學題一邊聽歷史課的周小優突然問道。大家戴著的耳麥裡突然聽到周小優的聲音，都嚇了一跳。周小優的聲音特別尖銳，穿透力特別強。

「不僅僅是癌症，還有紅斑狼瘡、骨髓纖維化等等一些，也都會導致人去世。」一個男生說道。

「生活在古代簡直是太可怕了，太可怕了。幸虧我生活在現代。」周小優算著數學的手一直沒停下來。

歷史書上寫著，在古代，如果有人被確診為癌症晚期，那就是徹底不能治癒的絕症了。而在我們這個時代，可以讓癌細胞在身體裡睡著，這些細胞一睡就是五十年。

大家都開始七嘴八舌地在麥克裡表達起自己的觀點來。老師很生氣，她把學生發言系統關掉，我們突然就聽不見大家的聲音了。然後耳麥裡傳來老師生氣的聲音：「大家不要亂，有問題的話要一個一個提問。」

「好，現在誰第一個來表述下自己的觀點？」老師問。

電腦螢幕上沒有一個燈亮起來。歷史老師巡視四周，然後說：「沈遲你來說一下。」

我愣了一下，變得有點茫然無措起來。我在猶豫我要不要說實話，因為我的思維和大家太不一樣，這已經是整個班級公認的祕密了。班主任和我說的最多的兩句話除了：「沈遲你要好好學習！」就是：「沈遲你什麼時候才能正常一點？」

可是我最後還是決定不受這些聲音和目光的干擾，我要說實話。雖然我很嚴肅地講我的觀點的時候大家都覺得好笑，可是在學校的時間已經過得很慘了，再不能真實地發聲的話，我不知道自己還可以做什麼事。

「我的觀點和周小優恰恰相反，我覺得生活在古代挺幸福的，可以做很多更接近本質的事情。」我第一句話剛說完，就覺得全班同學的目光都聚集在我的身上了。

「大家都在譴責過去，覺得過去是很落後的，很不好的，做一件很簡單的事情都要慢慢來，還會被很多意外奪去生命。人類越來越聰明了，但我覺得人們的生活並沒有變得更好。一切都太快了，我很羡慕古代節奏很慢的日子，我也想坐三十多個小時的火車，我也想看一望無際的天然的草原，而不是現在的人造鋼鐵森林。我前幾天還讀了一個古代人寫的詩，裡面寫：『從前的天色變得慢；車，馬，郵件都慢；一生只夠愛一個人。』我覺得這樣的人生很好。我還覺得每個時代都有它的好，它的不好。就像是我們現在這個時代也有好和不好一樣。」

歷史老師的臉色很難看，我還沒有說完，我只開了一個頭她就打斷我說：「好，沈遲我知道你表達的意思了，你別說了，你坐吧。」

「我哪裡說錯了麼？」我一邊坐下一邊疑惑不解地喃喃自語。

「哪裡都說錯了。」周小優白了我一眼。「是你自己太遲鈍跟不上大家的速度，不要怪別人太快了。」

我嘆了一口氣，我覺得剛剛都白說了，這樣根本永遠沒辦法解決問題。老師一直都是這樣的，他們提問學生的時候已經把標準答案想好了，只要說出來的和他們心中所想的不一樣，他就會說這是錯的。歷史老師繼續提問別人了，她根本沒有和我說她是怎麼看待我的觀點的。然後我還沉浸在上一個困惑裡沒出來，老師已經帶著大家繼續往下學習了。當翻到一張叫「手機時代」的圖片的時候大家都笑了。圖片是在擁擠的捷運車廂裡面，所有人都在舉著手機看，大家不理解為什麼那時候的人會對手機如此著迷。因為現在的手機都是給寵物用的，主人為了喚自己在外面玩的寵物回家，以及一旦寵物走失，路人會根據手機裡的智能系統幫助寵物找到家人。

然後歷史老師接著講下一個知識點，我一個字都沒有聽下去，我還在思考我發言的時候哪裡說得不對。一直都是這樣，所有人都在說「沈遲你這樣不對」，可是都不告訴我為什麼不對。有兩次我被老師帶著去學校的心理諮詢室，機器人諮詢師兩次打出來的表格都顯示我是「生錯了時代的人」。別人的結果都是「容易感到焦慮的人」、「多愁善感」的人，結果裡面滲透著他們的某些人格特徵。我一直懷疑做到我這裡的時候機器出了某些故障，這個定義帶著某種神祕感。然後我覺得機器人和我的老師簡直一模一樣，它告訴我「生錯了時代」，那麼我應該生在哪個時代？我更想知道的這個問題的答案它都沒有告訴我。我常常把它當成笑話講給別人聽，可我的媽媽並不覺得這是一個笑話。當時她拿著這個報告沉默了許久，然後她和我說：「對不起，沈遲。」

我問媽媽為什麼說對不起，她說當初生我的目的，是覺得這個世界上存在著很多美好的事，她一個人感受還不夠，想讓我也有機會一起感受，沒想到現在讓我覺得如此地彆扭和不快樂。這都是她沒有做到，所以要和我說對不起。

我安慰媽媽說：「您不要信一個快要壞掉的機器人說的話。」我真是覺得很奇怪，機器人是人類發明的，不是讓生活更便捷的嗎？為什麼反而給自己製造了那麼多障礙和完全多餘的事情？不僅如此，現在大家竟然還對機器深信不疑，而不是聽自己的內心的聲音，這實在是很可笑。而媽媽不僅相信它們還為這個結果哭了，機器把我媽媽搞得很傷心，貌似是從這一刻我開始討厭機器的。

這個時代人人都不寂寞，因為有很多機器人陪著他們。

我的同學家裡都有好多好多機器人，可是我們家沒有，同學們課間圍在一起討論最新上市的機器人的功能和型號，往往這時候我都離他們遠遠的。

我們家買不起昂貴的機器人。我家只有兩個機器人，負責洗衣服和做飯，我小時候它們還會唱歌和講故事給我聽，現在它們很少講話了。它們都很舊了，最開始它們不開口唱歌的原因就是零件陳舊，發不出正確的聲音，於是它們很自卑，怕是教壞了小朋友。當媽媽這

麼和我說我一點都不信，它們是機器人，怎麼會自卑和思考會不會教壞小朋友這麼高級的事情？媽媽說一起相處的時間久了，人的感情可以改變電流在電路裡面流動的速度。它們見到別人是一樣的，彷彿永遠都不會出錯，可是如果我們對它們來說變得不一樣了，就干擾到它們的信號，電流的流速就變了。媽媽的話在我眼前形成了一種畫面感，我彷彿真的看到了帶顏色的電流在灰色的電路中流動的樣子，我還看到媽媽所說的「愛」像是水一樣，我們家的機器人應該就是這樣被水給泡壞的。

這兩個機器人是結婚時候的嫁妝之一，用到現在它們就像手腳不靈便的老年人一樣，經常出故障。現在它們經過修理還是會很快再故障。

我和媽媽還有機器人一起生活這麼久已經對它們產生了不一樣的感情，覺得它們是家人，捨不得拋棄它們。媽媽還說機器老了就像是人老了一樣，還告訴我說永遠都不能因為什麼東西對自己沒有幫助了就拋棄它們。當有一天老師在課堂上講「你們一定要成為一個對社會有用的人」，我就想到媽媽曾經說過的話，我只有在日記本上悄悄寫給自己——老師和周小優一定都不知道吧？人和東西都不是拿來用的。

媽媽有一天又突然跟我說了聲對不起，她說把我生成格格不入的樣子都是她的錯。我一直都不理解為什麼我沒有做到的事媽媽都攬去自己身上，我就用這樣充滿困惑的眼睛看著

媽媽。就算是長得不對也是我自己的錯，學不會知識是我的錯，和同桌處不好關係也是我的錯，我應該還有一個錯就是沒有像別的孩子一樣讓媽媽覺得驕傲。最後我的媽媽告訴我一個祕密——這一切問題的根源大概因為我是人類生的小孩。

聽說在很久以前生小孩是件很辛苦的事，於是大家一直在思考解決這件事的辦法。於是在當今這個時代大多數家庭都去醫院提取父母雙方最優秀的基因，去醫院定製小孩，一年過後去醫院領自己的小孩回家。我的同桌周小優是機器生的小孩，長得好看，還那麼聰明，和她精緻的樣子比起來我顯得特別粗糙，周小優也總拿因為我的基因不好嘲笑我。周小優經常大喊大叫著十分有優越感地和我說：「我爸媽為了生我可是花了好多錢！」有的父母希望自己的孩子是雙眼皮，或者皮膚更白一點，會額外付費給醫院叫他們控制基因。

當聽到媽媽這麼說完我詫異了一會兒，然後我感到很心疼，歷史書上瞭解到的只是一方面。我更心疼我用自己的眼睛看到的——當別人的媽媽坐在辦公室裡做畫圖紙操作機器人做一些工作的時候，我的媽媽還要和低級的人工智慧一起去幹體力活。

我在心裡暗暗發誓以後一定要掙到很多錢，要給媽媽買好多她喜歡的機器人。所以我想好好學科學卻無論如何都學不會的時候我就很著急。

媽媽那天晚上還給我講了爸爸的故事，她告訴我爸爸是在一座船上突然遇難的。

媽媽哽咽著對我說：「大家都很意外船為什麼會突然沉下去，當時風刮得並不是太大，這一切都太突然了，我一切都還沒有準備好。那段時間我覺得自己快要撐不住了，生活變得一團糟，我不知道自己要怎麼面對一切。謝謝你沈遲，那個時候你意外地來找我了。我愛你，也愛你爸爸。你爸爸再也不會回來了，可是他把你留了下來。你不是最優秀的基因組成的孩子，可是你知道嗎，不管你是個別人認為有多少問題和毛病的孩子，那並不是你的缺點，你獨特的感受力和感知力反而將會是你的某種優勢。你的心臟會更柔軟，會體會到這個世界最美好的東西。我一直知道你很辛苦，但真的不要自卑，你以後會知道你應該多驕傲，真的。」

媽媽看著我笑了，她的笑有點悲傷，有一滴倔強的眼淚藏在她的眼睛裡面沒有掉下來。爸爸在我的腦海裡一直很模糊，小的時候媽媽一直和我說爸爸在很遠的地方，我在不同的照片上看見他，那些照片裡面的他也是模糊的，我只能看到他身邊的媽媽笑得那麼有安全感。我猜我的爸爸是個特別溫和的人。

我也一直知道，媽媽對爸爸的愛很特別，媽媽的愛就算過了十多年依然那麼多，非常牢固，風從來吹不走，一直沒有消散。就算現在，當我身上表現出任何美好的品質的時候，媽媽就會一臉幸福地說：「你像你爸爸了，這是他身上也能體現出來的金光閃閃的東西。」

而當我身上的缺點和毛病表現出來的時候，媽媽就說：「唉不怪你，我記得我小時候也是這樣。」在媽媽的記憶裡，爸爸一直是個無所不能的超人。

媽媽和我說：「沈遲，媽媽告訴你這些話的原因是。因為你快十二歲了，是個大人了。以後的時光要學會面對一些東西和化解一些東西，要學會和大家相處，要快樂地生活。這需要一些時間，你要慢慢來。」

我還不知道以後的時光要承擔多少東西，我看到媽媽疲憊的目光裡裝著滿滿的期待和擔心。我就覺得，她越來越脆弱，而我註定一天天強大起來。我開始覺得時間變得很緊迫，此時此刻我能想到最難過的事，就是我的未來不能承載媽媽那麼依賴的目光。

* * *

我一晚上都在輾轉反側，暗暗在心底下了一百遍決心，以後一定要特別努力地當一個好學生，我不想再讓媽媽擔心了。可是今天上學的時候，我把學生卡忘在家了。於是當我走到學校大門口的時候，被機器人值日生攔了下來。眼看著上課時間快到了，如果讓媽媽把卡送過來一定來不及。我身邊零星的幾個同學全都刷校園卡過去了，一人一次。我乾著急沒辦法，有幾個同學進去之後還回了下頭對我表示同情。

我這個月已經有兩次忘記帶校園卡了，我不能再登記了。如果三次沒帶卡被機器人值日生記錄下來會在升旗儀式上點名批評，同時我的班級將會得不到流動紅旗。我能想像到古老師在上課前一定像洪水猛獸一樣扯著大嗓門喊：「沈遲！又是你，你看你一個人讓全班這麼多人的努力全都白費了！」

想到這裡我就轉身準備回家，去取我的卡，然後再求求我媽媽給古老師打個電話告訴她，因為我壞肚子了所以才會遲到。雖然說謊和遲到都不好，可是讓大家都得不到流動紅旗更不好，一件小的壞事和一件大的壞事擺在我面前的時候，我就只能選擇做那件小的壞事了。

就在我一轉身準備回家的時候，一隻手搭上了我的肩膀，嚇了我一跳。我以為我被班主任古老師逮到了，她每次在和同學談話前都習慣拍一下肩膀。後來我覺得有點不對勁，因為這隻手格外溫柔。我一邊回頭一邊聽到一個柔軟的聲音傳到耳朵裡：「嚇到你了嗎？對不起。我只是想告訴你一聲，如果有任何別的問題進不去的話可以和我們一塊進去。」

我感到整個臉都在發燙，我覺得貌似我剛剛想的東西都被看出來了，所以我一直低著頭不敢看阿姨的眼睛，她又很溫柔地拍了拍我的肩膀。她手裡拿著一張卡在亮晶晶的反射陽光，刺得我睜不開眼，然後她在門前劃了一下，欄杆就打開了。

她拿著的那張卡是拜訪卡，被請家長的時候發的就是這種卡，這個我無比熟悉，因為我總被請家長，以至於現在看到這個卡就條件反射地心跳加速。我們的學生卡只能單人通過一次，信息還會登錄系統作為每天的考勤紀錄。而拜訪卡有可能是一個家長來，有可能是兩個家長來，所以是不限人次的。

我還在糾結我怎麼補上考勤紀錄，後來我就安慰自己說隨機檢查也許不會檢查到我的。如果檢查到了，那就聽天由命吧。這麼一想我頓時鬆了一大口氣。然後我才想起來和阿姨說：「謝謝您！」

她一直在感興趣地盯著我看，然後她笑著和我說：「你剛剛一直在發呆。你在想什麼？」那個糾結的聲音又出來了，我在想我要不要說實話。最後我還是選擇保持沉默了，在這之前有太多次因為說了想說的話而被大人視為奇怪的小孩，而現在在我身邊是一位大人。

「沒關係，你可以不說。在我小的時候，也覺得百分之九十的話是沒辦法和別人說的。」阿姨說這些話的時候望著天空。

「這是我的女兒小潔。她今天是第一天來上學。」這個阿姨指著身邊的機器人和我說。

然後我就聽見了一聲「你好」，特別好聽的一個聲音。這個聲音是被這個阿姨叫做女兒的機器人發出來的聲音。

剛看到阿姨的時候我就一直盯著這個機器人看，那是一個很特別的機器人，和滿大街的金屬外殼的機器人一點都不一樣，我說不清楚它的外殼是什麼材質，它看上去輕飄飄的，像是一朵雲。我就深覺這個阿姨很不一般。因為只有社會地位很厲害的人才會帶機器人助理上班，然後讓機器人替自己做一些專業而繁複，卻一直在重複的工作。我一直以為這是她的機器人助理。還是一個我從來都沒見過的如此漂亮的機器人。那真的是一個非常酷酷的機器人，它的顏色是一種接近憂傷的藍色，像是一朵即將下雨的雲，不是那種會下暴雨的烏雲，是那種我很喜歡的下太陽雨的雲。

「妳，妳好，小潔！認識妳很開心！我叫沈遲！」我說。我覺得很驚訝還覺得有點有趣。

阿姨想要和我說些什麼卻欲言又止，說：「上課時間快到了，你先去吧。」

我現在有一百個問題想要問，此時此刻我真的很好奇。然而我看了看手錶，覺得我真的必須要走了，我真的很擔心我會遲到。我和她們兩個人說了聲再見我就往我的教室跑，跑到了教室門口我無意識地回頭看了一下。阿姨和機器人還站在原地，剛剛她們就一直這樣站在原地看著我的背影。阿姨和我四目相對的時候還溫柔地笑著衝我揮了揮手。

我隱隱覺得我們還會再相遇的。這麼一想我就安心地邁進教室。我邁進教室的一瞬間上課鈴打起來。

第一節課是科學課，老師已經站在講臺上準備講課了，她看到我剛剛邁進教師門的我皺了一下眉頭說：「都來遲了還在慢悠悠的幹什麼？下次要早一點！」我點點頭說：「我會的老師！」

我的同桌周小優很不愉快地為我讓位置。一邊讓位她一邊埋怨我：「沈遲，你自己不學習可以，能不能不要耽誤大家學習。」當我坐好的時候周小優小聲地說：「你上幼稚園的時候是不是就總遲到？所以你的媽媽喊你沈遲。」

我笑笑沒有說話，我今天的心情特別好，並且我已經習慣了周小優的脾氣了。全班都知道周小優是個壞脾氣的小女孩，可是因為她是個特別優秀的學生，大家對她都格外喜愛和包容。天才嘛，如果像是我們這種普通人一樣溫婉和隨和就不對了，就應該哪裡奇怪一點。

而在全班同學當中，我是最包容她的。我總是很慚愧地覺得是我把周小優給寵壞的。周小優有的時候學習學得太晚了，第二天來不及吃早飯，她就讓我去幫她買早飯。因為她是班長，有的時候需要給老師送各種各樣的東西，比如隨堂測試的小考卷，比如前一天的作業。她收上來也讓我去送。周小優說：「反正你的時間一直都是在做閒事，你不幫我做事情，就是用來發呆了。」她這麼說的時候我也表示完全贊同，所以她的脾氣越來越不好，因為她覺得所有人都應該像我一樣聽她的話，如果別人沒有的話，她就會生氣。

她不用提醒我自己也會這麼覺得，我的時間就是沒有周小優的時間有價值。

我陷入胡思亂想的時候，又聽見一陣敲門聲。大家的目光都被吸引過去了。

我一看差點歡呼出來，是我早上看到的阿姨和她的機器人女兒！古老師也來了，站在她們的身邊。此時此刻我的內心波瀾壯闊，像是有一片海衝了進來。

「你認識她們？」周小優疑惑不解地問我。

古老師和科學老師悄悄說了幾句話，科學老師一邊聽一邊連連點頭，然後就帶著自己的講義走了，臨走的時候交代一句：「課堂作業大家課下補上，下節課在實驗室上課，大家不要忘了準備報告。」科學老師走後古老師站在了講臺上，跟大家介紹說：「這是我們班的一位新成員，她的名字叫宋小潔，大家鼓掌歡迎一下。」

教室裡的掌聲稀稀落落，大家都在很好奇地盯著門前的小機器人看，完全沒有注意古老師在講臺上說什麼。

我的同桌周小優說：「怎麼回事？機器人竟然能被允許和我們一起上課！我要去舉報他們！」

「妳又不知道具體原因，不要亂講話。」我說。

周小優瞪了我一眼。在我們的時代，有專門的機器人學校，有專門的老師負責教機器人

在不同領域的工作內容，讓它們能又快又好地適應自己的工作。

古老師向門口的阿姨做了一個請的動作，示意她來到講臺上。於是阿姨和機器人手挽著手來到了講臺上，阿姨和大家說：「這個是我女兒小潔的替身機器人，我的女兒現在在家裡，她因為一些原因永遠不能出門，替身機器人身上的變焦眼睛攝影機和全身的觸感科技，能通過超智能訊息波發送給家裡的女兒，所以機器能感受到的東西我的女兒也能感受到。親自來外面的世界感受一下是我女兒宋小潔的最大的願望了。」

大家越來越感興趣地盯著小潔看。阿姨說完話寵愛地拍了拍機器人的頭說：「小潔，來和妳的新同學介紹一下妳自己吧。」

然後一個清亮的、怯怯的聲音從四面的牆壁傳過來：「我叫宋小潔，今年十一歲了，第一眼見到就很喜歡大家，我希望可以和大家一起度過一段快樂的時光。謝謝大家！」

古老師帶頭鼓起掌來，大家看到古老師鼓掌，就也跟著鼓起掌來。之後古老師告訴小潔她的座位在哪裡，小潔就開開心心地坐過去了。小潔的替身機器人沒有比桌子高太多，她坐下來就和桌子一般高了。她坐下來四下看看大家坐下來都比她高，她就讓自己站在了凳子上，然而她站起來又高了桌子很多。她想了一下，又跳下去了，就站在凳子旁邊。我的同學們都被她這麼可愛的舉動逗笑了，老師也被逗笑了。只有我知道她是可以飛的，她剛剛就飛在樓梯上。她一定是想要和大家一樣想快點融入這裡，才把這個本領藏起來。

古老師笑完總結了一句說：「小潔同學的心靈和她生活的環境一樣一塵不染，請同學們一定要好好帶她玩，並把我們班最美好的一面展現給她。」

古老師總結完下課鈴響了起來。好多人都圍了過來，我也在人群之中，我也真的很好奇。其中的一位同學問：「妳做錯什麼事被關禁閉了麼？為什麼十一年來是第一天出來看外面的世界？」

小潔告訴大家，她得了一種叫做「先天性敏感肌膚綜合症」的疾病。醫學界說這是一種復古現象，因為她身體的機能和幾百年前的古代人是一樣的，她的身體能適應古時候的空氣，而現在的空氣和那個時候比是被污染了的，她並不能適應。

聽她說完這句話我想起我的「生錯了時代的人」的測試結果，看來她也是一個生錯了時代的人。原來我一直覺得孤獨，現在突然覺得從茫茫人海中找到了同類。

「媽媽說，小潔不能離開屋子，接觸到外面的空氣日積月累皮膚會感染，會聯結到其他重要的部位，然後就該和這個世界說再見了！」機器人小潔的聲音聽起來始終特別快樂，她就特別快樂地把這麼悲傷地句子說出來，這語氣就像是在說「我今天考了全班第一，我簡直太快樂了」那樣。

問話的同學不說話了，大家也都變得悲傷起來。近十年來，各種歷史上沒有出現過的病症源源不斷地出現，還都出現在孩子的身上，讓大家束手無策，小潔的症狀大概就是這些奇特的病裡面的一種。媒體一直在網路新聞裡安慰恐慌的大家說，這種情況馬上就可以解決了。

周小優正在算數學題。看起來對新來的同學一點興趣都沒有。

我一直站在人群的後面，我無論做什麼都一直排在後面。然而這一次我竟然有一種要擠到前面去的衝動。然而現在同學們圍繞得很密集我也沒辦法真正做到，可是我開始為自己爭取了，我把手舉得很高很高，雙手都舉了起來，然後提高音量和小潔打招呼說：「妳好小潔！我們又見面了！」

「哇！沈遲哥哥！我沒想到你也在這個班級！」小潔的聲音裡充滿了驚喜。我也很驚喜，她竟然知道我的名字！她的胳膊很不自然地抬了起來，就懸在半空中，一直懸在半空中，過了好半天我才領悟到，小潔想要和我握手。於是我的手穿過好多人去和小潔握手，大家這個時候都為我讓出了一條路讓我走到小潔身邊去。

我在腦海裡能想像到，一個稚嫩的小姑娘不熟練地操縱著機器人和我握手，她雖然和大家差不多大可是應該看起來年幼很多，她在一個封閉的空間裡面。我被腦海裡構想的這個畫面感動到了，我不知道她所在的空間朝向哪一個方向，此時此刻會不會有陽光從窗子裡斜進

她所在的空間裡。假如有陽光的話，那束陽光一定正好照在她的身上。

她還叫我「哥哥」！這一稱謂讓我內心充滿了莊嚴的使命感。從來沒有一個孩子叫過我「哥哥」。在班級裡我的年齡比大家都大一點，大家普遍都十一歲，我都十二歲了，周小優比我小整整一歲。她還經常拿這個嘲笑我，說我又老又學不會東西。

「咦？她不是從來沒出過家門麼，怎麼會認識你？」周小優不知道什麼時候鑽到我的身邊。我覺得我的這個同桌簡直是毒舌大王，跟任何人說話都是這個風格。

「這……這很難說，和妳一句話說不完。」我結結巴巴地和周小優說，我還不想暴露我沒有帶校卡想要回家，叫媽媽幫我說謊的心理活動，這聽上去有點蠢。

「一句話能說得完！我和媽媽早上來的時候，看到沈遲哥哥在門前猶豫，我想這是我在新的學校遇到的第一個同學，一定要過去打招呼。」小潔在這個時候突然說話了。我覺得我的腦袋「嗡」的一聲，然後什麼都聽不到了。

「好啊！沈遲，你又幹壞事了！」周小優扯著她的尖嗓子說，聲音比平時提高了八度，「人如果幹什麼壞事最好不要瞞著，早晚會被人知道的。我要告訴老師去！」

「誰幹壞事了？」我聽到了一個陰森森的聲音。於是我才想起來這節課臨時改成了班主任古老師的課，她提前一天告訴我們今天在她本該上課的那個時間有很重要的事情要做。我

的班主任就一邊走進來一邊問。我覺得我的腦袋又「嗡」了一下。

周小優指著我說：「老師，他！沈遲幹壞事了。他今天沒有帶校園卡，如果他不是在門口遇見小潔的話我們班又沒有流動紅旗了。」

古老師的目光射向我，我低下頭，此時此刻我不敢對視她的眼睛。然後我感受到班主任的眼睛也轉開了，她看向了小潔，小潔還在大家的包圍圈裡。她無視了周小優的話，用難得溫柔的語氣說：「還不快回座位，大家這麼喜歡新來的同學麼？」

這真的很難得，換做平時，她一定扯著比周小優還要大的嗓門說：「快上課了，大家都在閒逛什麼，快去學習！」

「老師！沈遲沒有帶校園卡！」周小優以為古老師忘了她說的話，提醒了她一下。

古老師看了一眼周小優說：「我知道了，妳已經說過一遍了。」

然後她和大家說：「再最後給你們一分鐘時間準備好，已經耽誤了好久的時間了，現在我們準備上課。」

周小優悶悶不樂地走到我的身邊，坐下來。古老師上課前對小潔微笑著說了句：「宋小潔同學，希望妳能喜歡我們的班級。」我鬆了一口氣，對古老師心懷感激。我已經做好被請家長的準備了，她竟然什麼都沒有說。我能看得出來古老師今天的心情非常高興，才沒有懲罰我的。於是我從心裡往外地感謝小潔，覺得這都是她的功勞。自從她來，古老師就一直很高興，不然我們平時是很少能看到古老師笑的。

我們的班主任古老師是教英語的，她讓我們打開聽寫系統檢查背單詞的情況，我很緊張地在面前的電腦上緩慢地打開聽寫系統。我們的桌子的桌面就是電腦螢幕，裡面有我們所有科目的授課系統。我無意識地回頭看了小潔一眼，她在控制機器的手指笨拙地在桌子上按著，系統沒有反應之後她開始東張西望。

我才意識到，我們的電腦是用溫度控制的，小潔的機器手指因為沒有溫度，所以控制不了機器。當我對視她的時候，她也在看向我。當她看到我在看她的時候應該特別高興，她高興得直接無視規章制度。就徑直走到我和周小優的桌子前面。

我都快喊出來叫她別動，等著單詞聽寫考試的同學們又都被她吸引過去了。班主任看到小潔好奇地站在我和周小優面前看我們的聽寫系統也笑了。我們坐在靠門的第一排，她站在我們的面前，兩隻機械小手扒著桌子好奇地看著我們的桌子。

大家全都放鬆下來，一起好奇地看著小潔。班主任說：「你們看，小潔這麼渴望獲得知識，你們都應該向她學習一下。」

本來我心裡還為她捏了一把汗，因為我的班主任古老師是個愛亂發脾氣的人，對每一個

人都嚴厲得不得了。雖然不知道什麼原因她非常喜歡小潔，所以對她異常寬容。

老師對小潔的異常寬容也救了我，聽寫英語單詞的時候小潔就一直好奇地看著我。唉，我是多想像個英雄一樣能很順利地寫對每一個單詞，然後每寫完一個就可以很驕傲地直視小潔的眼睛。可是我都不會，我只能特別尷尬地坐在座位上，然後躲開小潔的「目光」。對，雖然是替身機器人，我還是能感受到她一直看著我的天真又好奇的目光裡面的溫度，她看著哪裡，我哪裡就發燙。

突然小潔很迅速地把一個微型儀器，用很快的速度悄悄地塞進我的耳朵裡。我還沒來得及驚訝，就聽見一個聲音在耳朵裡響起來：「哪裡都別看，只有我們兩個人能聽到。我來告訴你單詞怎麼寫。」

我抬頭感激地看了一眼小潔。我的同桌周小優瞪了我一眼，然後拚命捂住桌子：「沈遲你不要抄我的！」

古老師一皺眉頭：「某些同學，不要大聲講話吵到別的同學。」

周小優臉一紅，更加憤怒地瞪了我一眼。我在心中暗暗得意。

有了小潔幫助我，我寫對了所有的單詞。提交完答案的時候我看周小優笑眯眯地看著我，因為剛剛因為我她連著出了兩回醜，她一定在等著我不及格然後藉機嘲笑我一下。而我一直看著古老師，我迫不及待地想要看到當古老師看到我全寫對會露出來的表情，她每次都會公布下都寫對的同學的名單，當她看到我的名字後愣了一下然後不可思議地說：「咦？今天沈遲全對？」

周小優聽到後露出同樣不可思議的表情。

今天古老師還表揚了我，印象裡這是古老師第一次表揚我。可是我一點都不開心，因為這並不是屬於我的表揚。我一直低著頭看桌面，覺得臉部在發燒。我發誓我以後一定要好好學英語，讓古老師真正表揚我一次。

第二章　女孩子的戰爭

這天下午，周小優竟然在她最喜歡的數學課上睡著了。她被數學老師叫起來的時候，嘴邊還掛著一串口水。數學老師皺了下眉頭說：「周小優，妳怎麼回事，一班之長，還是數學課代表，怎麼上課精神這麼不集中？」

大家全都看向周小優，然後大家同時注意到了周小優嘴邊的口水，「哄」的一聲全笑了。周小優還沒在夢中清醒過來，等到徹底清醒過來，忙著用手把口水擦乾淨。然後在大家的笑聲中「哇」的一聲哭了。

周小優哭得很傷心，淚水簡直像是瀑布一樣，一直流一直流。我經常看到女孩子哭，大家都長大了，一般在哭的時候都默默地流淚。周小優哭起來的時候和大家都不一樣，她是像嬰兒一般的放聲大哭。

數學老師看她哭成這個樣子不知道怎麼繼續說，她等了一會兒，然後說：「周小優妳別哭了，妳哭得那麼大聲，大家都聽不見講課的聲音了，再哭妳就出去哭。」

周小優聽到這句話哭的聲音又放大了一倍。我嘆了一口氣，心想大人真的一點都不會安慰小孩子。

雖然周小優在平時總為難我，我根本不想同情她。並且我覺得此時此刻周小優應該能體會到我們落後生每一天都會感受到的那種委屈，她剛剛體會到一點點就受不了了，我想讓她多體會一會兒，內心變得堅強一些。可是我現在看到周小優哭成這個樣子，哭得嗓子都啞了，我覺得有點心疼。於是我控制不住地站起來和數學老師說：「老師，周小優一天都沒有打起精神，我想她應該是生病了，您不要怪她。」

「生病了？」數學老師說，「生病了也不用你來告訴我。沈遲你知不知道什麼叫管好自己的事，知不知道你為什麼學不會數學麼，就是眼睛關注這種沒用的事情太多了。她生沒生病叫她自己來和我說。」

「老師呀，她都哭成這個樣子，老師您可能很久都沒有哭過了，不知道哭得很傷心的時候是沒辦法說話的。」我猜數學老師今天應該有點什麼不順心的事情，不然她平時是不會和資優生這麼說。然而她這麼說話的時候我就想起來老師們批評我的時候，於是十分有代入感，便更加心疼起周小優來。

這個時候教室裡突然響起來另外一個哭聲，也是和周小優一樣的嬰兒般的放聲大哭。最

先被嚇一跳的是數學老師，她很警惕地環視整個教室，然後問我們：「誰在惡作劇？」

大家都不敢說話，只有兩種哭聲響徹教室。

我等了一會兒然後說：「老師，沒有人惡作劇。是我們班新來的同學，她叫小潔。」

「小潔？」數學老師很快在教室的最後一排找到了機器人小潔。

然後她疑惑不解地說：「你們班怎麼來了個機器人同學?我一直以為這個是教學模型。」

小潔走到周小優旁邊，用自己的機器手臂擁抱她，她用怯怯的聲音說：「不要哭。」周小優突然就不哭了，她驚訝地看著小潔。小潔帶著哭腔說了一句：「這個教室現在都被周小優的哀傷塞滿了，我感覺到了，這哀傷像水一樣，水又變成蒸汽進到了我體內的電控裡，濕濕的，脹脹的，所以我也很憂傷，我覺得再久一點我可能就壞掉了。以後我們不要這樣說話了好不好？」

我在感慨替身機器人如此厲害，竟然不管是身體外面的感覺可能感受到，周圍的每個人微小的情緒，甚至機器人內心的這種感覺都可以體會到。哀傷像是水一樣把身體泡得脹脹的到底是一種什麼樣的感覺呢？

教室裡突然變得要多安靜有多安靜，所有人，幾乎是所有人，都把嘴巴張起到不同程度，從不同角度看著小潔。數學老師也驚訝得半天沒說話。我的同桌周小優也突然忘記哭

了，只剩下一種驚訝的表情一直定格在臉上。

數學老師嘆了一口氣搖搖頭說：「我有點聽不懂妳在說什麼，也許妳要和周小優一起下課來找我一下。現在都坐下吧。」

小潔回到了座位上傻傻地坐下，我也坐下了。周小優還在站著。我用力拉了拉她的衣角才讓她坐下來。

我在等著周小優和我說謝謝，可是她沒有說，她一坐下很生氣地說了一句：「你幹嘛拉我衣服？還那麼用力！我的衣服差點被你拉壞了！」

我聳了聳肩，心情很失落，明明剛剛我覺得我們的心靠得很近，就突然被她這一句話給隔離開了，我就悲傷地覺得不管怎麼努力我都和這個任性的小女孩無話可說。這種失落感只是暫時的，我的內心很快就被盛大的喜悅佔據了。我覺得和大家一樣，我在沒有感情的世界裡待得時間太久了，小潔的出現彷彿帶著大家越來越走進那個充滿著感情色彩的世界。我開心地這麼覺得。因為在以前，從來沒有任何一個時刻，能在大家聽課的時候干擾到大家。所有人都覺得學習是最重要的事情。

可是除了我的同桌周小優。小潔因為她哭了一通，可是她都一點不領情。她還偷偷地和我說：「我覺得小潔哭得太假了，你說她是不是在譁眾取寵？」

我看著我身邊精緻美麗的周小優，突然覺得她特別陌生。不管怎樣她都一直是我的偶像級人物，能做好一切事，並且勇於克服困難，身上有一往直前的勇氣。可是我現在覺得周小優太不善良了。

「周小優，妳覺沒覺得妳心理有那麼一點點問題？」我強壓住自己不滿的情緒，心平氣和地和周小優說。

「你說誰？說我嗎？你心理才有問題呢！」周小優又生氣了。

她一著急嗓門就有點大，好幾個同學看向我們。我忙用手暗示周小優叫她小點聲，周小優這次聽話了，她不想破壞在同學們心中好不容易建立起來的光輝形象。我藏在了桌子底下，然後指指桌子，讓周小優也藏進來。周小優猶豫了一下，還是和我到桌子底下來了。

「周小優，我承認妳是全班最優秀的人，又聰明又特別，大家都很羨慕妳。按道理來講妳已經那麼優秀了，應該很多時候都非常快樂，可是妳大部分時間都是在很不快樂的情緒裡面，妳不覺得哪裡出錯了嗎？」

周小優聽到後看上去有點生氣，然後她想回到桌子上面去。我壓住她小聲說，妳先冷靜十秒鐘，好好想一想。周小優望著桌子板，愣了許久才說：「最近我是挺不快樂的，可是這不是我的問題！都是別人的問題！我覺得我受到了很多莫名其妙的冒犯。」

「因為妳見不得別人的光芒蓋住妳，小潔的情況妳也知道了。她是那麼一個可憐的孩子。大家全都被她那麼純潔的心境吸引了，這段時間沒有人看見妳，就這麼一會兒，妳就受不了了。」我對周小優說，我真是想治好周小優的病。我覺得這麼聰明的一個女孩子，性格再可愛一點，簡直會讓這個世界變得非常美好。相反地，如果這麼聰明的女孩子性格不好，將會給周圍的環境帶來災難。我是這麼覺得的。

「沈遲你簡直在胡說八道。請問我們才認識多久？是你更瞭解我？還是我更瞭解我自己？她就是個新來的小機器人，我根本沒有在意她更談不上生她的氣。我不和你浪費時間了，我要上去聽課了。」周小優又生氣了，那個倔強的不講道理的脾氣又來了。

下午的英語課上，古老師上著上著課周小優就把手舉起來。

班主任古老師還在講課，不知道周小優要幹什麼，可是看到她的手一直舉著，就叫她站起來。周小優氣勢洶洶地說：「古老師，我要換同桌，我沒有辦法和沈遲同桌了，他總打擾我聽課，我簡直一分鐘都不能專心聽講。」

聽到這句話我很不理解地看向她，自從那個早上我暗自下決心要用自己的力量寫對每一個單詞之後，我都在英語課上很努力地聽講。

古老師一愣，然後表情變得很不耐煩：「周小優妳最近是不是哪根筋搭得不對？能不能

不無理取鬧？大家都在聽課！妳有什麼問題覺得解決不了課下來找我。」

周小優感到很尷尬，站著也不是，坐下也不是。她強忍著的淚水把整個臉都漲紅了。

可是她還是坐下了。按照古老師的脾氣，如果周小優再抗爭下去，古老師就該發火了。

我的同桌坐下後任性地關掉了教學系統，又開始不聽課了。她拿出一個小本子不知道在寫些什麼，一邊寫一邊掉眼淚。只是這次沒有哭出聲音。

她的動作幅度有點太大了，並且其實古老師是關心她的眼睛一直在看著這邊，古老師看出來了周小優沒有在聽課，於是講課過程中又停了下來：「周小優，妳在幹什麼呢？」

周小優驚了一下，手裡的本子落在了地上。

她再一次站起來，手足無措地低著頭。我幫她把本子撿起來，本子是扣在地上的，我無意間看到一句話：

自從小潔來到我們班，古老師把對我所有的愛和關注都轉移到她身上去了。我很難過，我想小心翼翼地把本來就是我的東西爭取回來，可是卻在一直做錯事。我不知道我哪裡做錯了。所有對我好的人都在因為這個小機器人和我發脾氣……

周小優的眼淚把一些字眼都打模糊了。我很抱歉地把本子放在她的桌子上，幸虧她所有的注意力都在古老師那裡，不知道我看到了她日記本上的內容。

古老師見周小優一句話都說不出來，眼淚一直往下掉，只好嘆了口氣說：「行吧。妳先冷靜一下，等下課妳和沈遲一起來我的辦公室一下。」

我聽到我的名字嚇了一跳。當我確定我沒聽錯的時候，我的腦袋裡面冒出好多感嘆。好學生的光環一直都在那裡，周小優因為發脾氣亂說她要換同桌，然後古老師真的以為是我的原因周小優才變得這麼莫名其妙的？為什麼我犯錯誤的時候就得一個人去辦公室，而周小優犯錯誤的時候就可以拖著一頭替罪羊一起去辦公室？

我心裡暗暗覺得養尊處優就是好，當有一天真的犯錯誤了，全世界也不相信是你的錯。而靶子當久了就是幹什麼都不對。

從古老師辦公室出來後，周小優就不和我說話了。雖然在辦公室裡我一直在替她解圍，把所有的問題都想辦法攬在自己身上。她只是不耐煩地丟下一句：「沈遲你怎麼回事，能把一切事都搞砸。在你身邊就是倒楣。」用來感謝我。

課間操的時候，小潔走到我的身邊來，她說：「沈遲哥哥，我想和大家一樣走路下樓，你可以牽著我的手帶我下去嗎？」

她向我伸過來她的機器手臂。這是我第一次牽著女孩子的手，她的機器小手涼涼的，可我就是感覺到好像有血液在裡面流動，竟然有點心跳加速。我不敢直視她，我怕她看到我漲紅的臉。

她看到我點頭後留下一串特別清澈的笑聲，這一定是我聽過的最快樂的笑聲了。我牽著她的手下樓，一級一級小心地下樓梯。我是真的擔心把她摔壞了呀！之後直到走出教學樓，我也沒放開她的手。

因為是這個課間是跳操的時間，這一段路上的人很多，大家全都好奇地看著我。我還能感覺到有人跟著我們走了好遠，還是有好多人很好奇。小潔一直在東張西望，她一邊東張西望一邊特別開心地跟我聊天。她的頭可以三百六十度旋轉，特別酷。

小潔看到任何一樣東西都會大驚小怪，看到什麼都會歡呼，她的聲音還那麼有穿透力，她一歡呼起來就有上百雙眼睛過來看我們。

「那個是什麼？」小潔指著操場前的白房子問我。我告訴她，那是人造公園。「哇我好想去看！哥哥你陪我去看好不好？」我答應她說，好好好。然後她突然掙脫開我的手一個人跑到白房子裡面去了。當我跟進去的時候，看到小潔正在用自己笨拙的雙手摸每一片花朵和每一株草的葉子，還有唯一一棵小小的樹的葉子。然後發出一陣陣鈴鐺般愉快的笑聲。

我站在她的面前，那麼久，她就一直在草坪旁邊待著，好久沒有動，像是長在那邊的花一樣。我覺得時間彷彿停止了。過了很久她問我：「沈遲哥哥，你知道這些花草都叫什麼名字嗎？我們比比看誰認識得多好嗎？」

「叫，叫……」我發現我只能叫出少數幾種常見的植物的名字，大多數我都不認識。於是我告訴小潔：「對不起我不知道。」

「不知道？它們一直住在學校裡，這麼近，生物老師竟然沒有帶著你們互相認識一下？反而在學那些很遙遠的東西？」小潔問我。

「生物課上老師一直在講醫學，因為有用。大家都覺得講植物是件很沒意思的事情，主要是對生活也沒有幫助。平時又遇不到它們，就不想講了。並且學校覺得人造花園太昂貴了，也很少會有學生進來看。近期準備拆掉了。」我說。在當今時代，植物和部分動物已經不能在天然的空氣裡生存了，只有人類可以跑得那麼快，生理機制跟得上惡劣的環境。植物沒有腳不能跑，它們受不了太陽直射的光，於是它們都要被關在室內，用人造光生存，我們的食物也是這樣批量生產出來的。

小潔不說話了，她的機器眼睛探出來，直勾勾地看著我，她的話裡帶著質疑的情緒：「把花園拆掉！怎麼可以這樣呢！拆掉之後空地用來幹什麼呢？」

我剛想脫口而出——蓋實驗室呀。然後我就捨不得說了，我看得出來大多數事情都不符合她的價值觀。她一定會說：「他們覺得實驗室還不夠多嗎？白房子只有一個，是唯一的。」我覺得我說出來會傷害到小潔。

我意識到身邊的這個機器人，不不，這個孩子讓我特別手足無措。她太易碎了，我不知道該從哪個角度安慰她。她的情緒比周小優還像雲霄飛車，一會兒開心得笑聲震天響，一會兒就哭到說不出話，把周圍的空氣都帶得那麼傷心。她用傷心的聲音說：「花園就不應該拆掉！真的不應該！你也不應該不認識它們，它們一直生活在我們的身邊。這就像我們同學了一年，兩年，我們都不知道彼此的名字一樣。這太悲哀了。有一天我們把它們重視起來，說不定，說不定，那個歷史書上寫到的大自然有一天會回到我們身邊來呢！」

小潔的單純和善良讓我覺得慚愧。我不知道說什麼，我只能沉默地站在她身邊。

「哥哥，我教你認識這些植物的名字吧！這個呢，叫滿天星，那個叫大油葉草，那個叫天堂草，那個叫高羊茅……」小潔用她的機器手臂笨拙地指著那些植物說，她的手指和植物離得很近，有一株草在中央，她就飛在半空中停在草的上方。我也隨著她的介紹開始重新認識這些植物。在認識小潔之前，我以為所有的草都叫「草」，直到今天我才有仔細觀察它們的機會，原來它們是不一樣的。

我才理解了小潔之前說的話的意思，因為我們覺得科技很重要，所以它才會發展得很快。我們覺得植物並不重要，所以它們消失了。如果有一天所有人都在關心它們，它們就一定會回來。機器人最開始也是沒有的，不也是從無到有被我們創造出來了嗎？

小潔繼續著迷地介紹她的花跟草。現在她整個人都跪在地上，伸長眼睛看著葉子，她說這樣的話她的眼睛能看清楚葉子的每一條脈絡。我就漸漸產生了幻覺，我覺得那不是一個機器人跪在地上，而是一個小姑娘，她可能穿著紅裙子，還紮著兩根小辮子，待會兒她走起路來會蹦蹦跳跳的。

等她一一介紹完了，我問她：「妳平時都出不了家門，妳是怎麼做到認識它們的全部呢？」

「看電子圖冊啊！媽媽給我買了好多。我無聊的時候一遍一遍翻著。它們長得都那麼好看，後來就一一記住了。多悲哀啊，我認識它們那麼久，它們始終都不認識我。」小潔說著說著就笑了，「不過現在好了，以後我每天上學的時候，我都要提早一些來到它們的家來看看它們，我想現在它們就都認識我了，以後都會跟它們找招呼的。」

我聽著小潔輕輕柔柔地給我講這些話，聽得鼻子有點發酸。

我們對完話同時抬頭，發現班主任古老師在我們的身邊站著。我們同時喊了聲：「古老師好。」

古老師說：「不應該沈遲說對不起，應該我們當老師的說對不起。我們以後一定會注意這些事的。」

古老師摸了摸小潔的機器頭顱說：「妳大概也不能和我們一起做操，正好就讓沈遲帶著妳多在校園裡轉轉吧。」

小潔說：「謝謝老師！」

我沒有說話，我愣在了一邊。古老師平時都是繃著臉的，喜歡穿著很粗很肥的褲子。古老師今年二十八歲，聽說從來沒有男孩子喜歡過她，古老師一直在倒追別人，可是被她倒追過的男孩子都被她嚇跑了。所以至今古老師還是一個人。我一直覺得古老師一個人一定不是因為她不可愛，僅僅是因為她從來都不笑，別人又不肯多費時間去瞭解一個人。大家看到古老師第一面就想，誰願意從早到晚守著一個從來不笑，彷彿永遠在生氣的一個姑娘生活呢？

可是剛剛古老師就一直笑著，她笑起來的樣子非常好看。我覺得她簡直是變了一個人。當她看向小潔的時候，目光就會變得溫柔又慈愛。我喜歡看古老師這個樣子。古老師竟然還會來白房子看花草！

接下來我帶著小潔去了學校後花園，雖然後花園並沒有花，只有假山和池塘，大家都

說很久以前這裡有一片樹林，還有很多關於這塊空地的鬼故事。我有的時候午休就來這裡發呆，很想看看鬼怪長什麼樣子，可是很不幸，我就從來沒遇見過。也許我來的時候都是白天，鬼怪正躲在哪裡打瞌睡吧？

我們學校養的鴨子很奇怪，牠們喜歡吃很甜很甜的麵包，聽完小潔給我講的草的故事後我就給她講了學校鴨子的故事。「小潔」聽完後說：「那是因為你餵牠們的麵包是很甜很甜的，牠們很開心地過來吃，你就以為牠們很愛吃。事實上不管你餵牠們什麼牠們都會很愛吃，牠們是想要和你玩。因為牠們不想再被機器餵食了。」

我覺得我的內心聽完這番話變得十分沉重，我想起白房子裡那些看起來一樣其實各不相同的草，我突然很擔心它們。我對小潔說：「妳說，白房子裡那麼多種草被機器統一澆灌，有一天它們會長成同一個樣子嗎？很多植物變成一樣了，或者可以理解成因為很多植物消失了。我們現在也在走草的路，每天做一模一樣的事，有一天會不會機器上人留下來，機器下人消失呢？」

小潔思考了一會兒，然後說：「我不知道，可是我雖然現在看不到任何希望。我的直覺告訴我一定不會的。其實時間過得很快，十幾年之後我們就參與其中，再過十幾年，我們就掌管這個世界了。所以在世界沒有變得更壞之前，要拚命加油！」

在我們這批人都長大了，有一天掌管這個世界的時候。我會創造一些讓世界變得更好的事嗎？還是只能像現在一樣添亂呢？

我看著我對面的孩子突然感到憂傷。可能都是因為她，我才會想到這些莫名其妙的，平時可能永遠不會想到的問題，如此漫長如此重要的問題。我就一直看著她，從她的機器頭顱一直看到機器腳趾頭，所以我注意到她的腳趾頭中的一片小樹葉，我小心翼翼地撿起來放在小潔的機器手掌裡。說：「可能是白房子裡面的小樹很喜歡妳！」她跟我預料中一樣歡呼起來。

看到她開心的樣子我也微笑起來。多好，和周小優相比，讓她開心起來簡直是太容易的一件事了。

今天湖裡的鴨子也很開心，牠們就像我們玩抓人遊戲的時候一樣，你追我趕的，濺出來好多水花。我和小潔一起饒有趣味地拚命感受著鴨子的快樂。我真的覺得很有趣，我在課堂上一個小時都覺得很漫長，但如果可以的話，看鴨子我可以看上一整天。

「如果不是伸到水裡機器身體會壞掉，我真想把手伸進湖裡。」我身邊的小潔憂傷地說。她一直緊緊地握著那片小樹葉。

「怎樣才能感受到呢？我可以幫妳嗎？」我問她。她想了想，突然把她的「眼睛」卸了下來遞給我，小潔的機器眼睛看起來像個望遠鏡。「不知道訊息波能不能發送回去，我沒有

試過。我媽媽說有可能可以的。」我接過了「望遠鏡」，按她所說的，把它們固定在我的眼前，像是帶著一副望遠鏡。一邊蹲下去用另一隻手在水裡來回划著。小潔總說和別人的眼睛對視著才能講話，人的眼睛是特別的，她的媽媽也這麼覺得，所以替身機器人的設計是眼睛可以獨立出來，可以放在任何人的眼睛前面，都可以借助他的身體感受到他感受到的一切。

小潔又歡呼起來：「好清涼！有一種，有一種，鴨子羽毛的感覺！」

我被她天真的比喻逗笑了，然後我問她：「妳真的能感受到？」

小潔說：「我不確定是想像到的！還是真的能感受到！但我覺得有一種撫摸到鴨子羽毛的感覺，很真實。」

我想到了她在課堂上說的能感覺到空氣裡的像是水流一樣的哀傷氣息那句話，也許小潔媽媽創造的機器人比大家想像到的還要厲害，我開玩笑地說：「也許，心裡的東西也能感受到呢。」

小潔竟然很認真地沉思了一下，我猜她在沉思，因為她就靜靜地不說話，又過了一會兒，她說：「雖然講出來怕你害羞，可還是要和你講，真的能感受到大概喔！不過你放心，是探測不到祕密的，只是一種或是快樂或是憂鬱的那種感覺。」她還和我說，她原來沒有注意到一些很微妙的東西，現在她才知道有很多眼睛看不到的東西飄浮在周圍的空氣裡。把機器眼睛交給我和自己帶著的時候看到的不一樣。她一邊說一邊伸出機器小手，我把「望遠鏡」放在她的手裡。她重新把機器眼睛放在機器頭顱上。我們聽到預備鈴響了起來，要回去上課了。

我的手牽著她的機器小手，她的另一隻手裡攥著一片小樹葉。我一直在想，空氣裡很微妙的飄浮著的東西到底是什麼物質呢？

她一邊和我往教學樓走還一邊回頭不捨地看著那個白房子，小潔所說的「花草的家」。我說：「好啦！妳如果喜歡這裡的話我會常帶妳來。」

小潔很乖地點點頭。

我的心裡百感交集，依舊是那種充滿了莊嚴的使命感。我發現越簡單的東西越能刺激人思考，我覺得從今天起，我要開始思考一些大事了。

第二天我早早地來到了學校，為了避免再忘記帶校園卡，我連睡覺的時候都把它掛在脖子上。來學校這麼早的第一個原因是，我想再看一遍英語單詞確保測試不會出意外。第二個原因是，今天輪到我管理值日機器人。班級裡每天安排一個人早到半個小時，把櫥櫃裡的值日機器人們拿出來讓它們打掃衛生。

我進了大門之後一溜小跑，風一樣地飛奔進教室。我覺得跑起來的時候能聽見風聲的

感覺挺妙的，因為我聽到的風聲一直在我的後面，讓我有一種勝利的感覺。等我到達教室之後愣住了，幾個小機器人在勤勞地掃地。古老師已經到了，她在講桌上一邊喝茶一邊讀報，那是我們的《少年兒童報》。平時我們都在電子閱讀器上讀新聞，方便又快捷，加上現在這個時代已經很少看到樹了。可是紙質書本作為文明的一種，翻起來的感覺讓人很快樂，大家又很關心兒童，所以在每個小學，每個班都會訂一份報紙和雜誌給同學們傳閱。這個時代讀紙質書已經成了孩子們的專利，每個城市都只有一個實體書店，放著少量書籍，很多書都是古代的書，只能參觀不能翻閱，起著書店兼博物館的社會作用。我們的本子和考試卷子都是一種塑料，是一種被合成的生物，吃掉重金屬之後像是蠶寶寶一樣吐絲，再壓成薄薄的塑料紙。這種生物生產的塑料紙不會對環境造成破壞，三個月會自動分解。所以只有寫作業的筆記本和考試卷這種臨時的東西才能用塑料紙。

我們學校的校長是個愛書的大人，他在我們教室後面設立了圖書角，還把圖書角打扮得美美的，專門用來擺放訂閱的報紙和雜誌，還要求大家一定要每天都把圖書角擦得一塵不染。

校長一直說翻書的動作是天底下最好看的動作，比彈鋼琴的動作還要好看，是充滿詩意和想像力的一個動作。他還說這個年齡的孩子是最富有想像力的時候，大人們一定要竭盡全力保衛他們的想像力。我們的校長和別的校長有點不一樣，之前的幾年每年還會組織學生們去海洋館宿營，在晚上看會發光的魚。校長還說，很久以前，宿營應該是去森林裡的，可惜現在環境已經不允許了。可是據說我們學校的升學率太差，每年入學的學生越來越少，這樣下去可能導致我很要被別的學校合併，我們小學是我們市唯一的小學，如果合併我們就要去另外一個城市住校。為了讓大家的成績好一些，我們從今年開始就不組織這樣的活動了，恨不得把所有的時間都用來學習。

原來的古老師和大多數家長一樣不知道想像力到底有什麼用，也和別的老師一起提議過報紙和雜誌實在太貴了，可以節約下來蓋一個實驗室了。可是她今天在這裡看起了報紙，我站在她旁邊看了她這麼久都沒有察覺。於是我叫了她一聲，古老師抬起頭來又尷尬又驚訝地看著我，愣神了好一會兒才和我說：「沈遲早！你今天來得可真早。」

「老師早。我今天負責班級的衛生，所以才來這麼早的。可是老師您為什麼來這麼早還幫我做了這些事？」我回答完之後又問道。

「我昨天晚上做了一個特別特別奇妙的夢！嗯，總之特別奇妙。然後我很早就醒來了。醒來之後我一直在回味剛剛那個夢境，我只記得那種感覺，我真的很想回憶出來那個夢可是無論如何內容都想不起來了。然後我早早起來沒事情做，就來了學校。沈遲你做過這樣的夢嗎？」古老師一邊說一邊笑了。

我不知道要如何回答她，她的變化很大，她竟然沒有像平常一樣問我英語單詞有沒有背下來，測驗準備好了沒有。而是翻來覆去地跟我說了半天她的夢境。我說，我的夢好像都是這樣的，除了一些很嚇人的夢可以記下來，好的夢都不記得。不過還沒有一個夢美好到讓我很想把已經忘了的想起來。想起一個夢境的內容，真的有那麼重要嗎？

或者這個神奇的夢境真的改變了古老師的神經，讓她從此變成了一個有趣的人了麼？

我在這麼想的時候，聽見一個清亮的聲音和我們打招呼：「古老師好！沈遲好！」

我們同時向教室的門口看去，小潔的機器小手拉著媽媽的手站在教室門口。此時此刻她正在和媽媽說：「媽媽再見。」

我的心裡泛著很溫柔很溫柔的東西。我站在古老師身邊，看到古老師的眼睛裡也泛著很溫柔的東西。小潔小心翼翼地地走到我和古老師中間，然後她和古老師說：「古老師，我覺得您如果穿色彩鮮豔的裙子會特別美。」

古老師平時就喜歡穿黑色的肥褲子和黑色的上衣，夏天穿短袖的，冬天穿長袖的。我們常常在私下說古老師像個女巫，家裡一定還有一隻黑貓。

當小潔這麼說的時候，古老師愣了一下說：「是嗎？」

小潔發出了一串笑聲：「是的！雖然古老師不管怎樣都是美的。因為老師心裡面是喜歡彩色的裙子的，彩色會讓人很快樂，我就在想黑色的衣服是不是讓人不快樂呢。因為您這樣把自己藏在人群裡面我很心疼，我希望您一直快快樂樂的。」

古老師又愣住了，完全陷入了思考狀態。

古老師留著一頭清爽的短髮，她貌似對自己的短頭髮很滿意，還總和班裡的女生說，短頭髮酷酷的，長頭髮牽扯精力又不好打理，大家應該都剪成短頭髮。全班男生都不太喜歡古老師，我們覺得她確實非常古怪一點女性特徵都沒有。女生們喜歡別的科目的老師也比喜歡古老師多一點。我們都知道古老師為什麼總失戀，就古老師自己不知道為什麼。她還總教導我們，在當今這個年代，感情是很奢侈的一件事情，別人可能會覺得你的感情是困擾。可是你愛自己的話，用很多時間讓自己變得更好，大家也都會愛你。

古老師一定哪裡說得不對，所以她每天就算努力變得更棒，幾乎變成了全學校最努力的老師，不但同學們沒有更喜歡她，她自己反而變得更孤獨了。

這個時候清掃教室的機器人清掃完畢，全都停下來了。

「謝謝古老師幫我打掃衛生，現在我去把它們收起來。明天的值日工作還是由我來做吧，補上今天的。」我說。

小潔說：「我去幫他一下！」

我們一邊把機器人小心翼翼地放好，一邊聽小潔悄悄地和我說：「我覺得古老師每一天生活得都太克制、太辛苦了，所以我送給了古老師一個小禮物，我早早來到這裡檢驗一下我的小禮物有沒有給她帶來快樂，效果怎麼樣。我想還是不錯的。」

小潔的語氣變得非常開心。

小禮物？是什麼呢？我陷入思考。我突然靈機一動想起來古老師翻來覆去和我說的那一個夢境，莫非……

我遲疑了一下，半開玩笑半認真地問小潔：「莫非妳送給古老師一個夢？」

小潔很驚訝地說：「你怎麼知道？」

「妳真的送給了古老師一個夢？還有，什麼是把自己藏在人群裡？」我比她更驚訝，小潔身上有很多很厲害的能量，我好奇她是怎麼做到的。

「你小聲些，小聲些啊！」我們放掃除機器人的地方就在教室外面，我們互相使個眼色藉著放收機器人的理由就一起出去了。她大概擔心我無意識放大了的聲音被古老師聽到。

我們迅速放好了機器人，然後我拉著她的機器小手把她帶到一個角落裡面，我問：「到底是怎麼做到的，妳快來跟我說一下。」

「沈遲哥哥你怎麼是這麼好奇的一個人！」小潔又發出一串好聽的笑聲，「媽媽說這是機密不能說，不過你是我第一個好朋友，你如果感到好奇我就告訴你吧，不過你要答應我不許告訴別人。」小潔的語氣突然變得嚴肅起來，在這種嚴肅的語氣裡我才相信聽起來這麼不可能的一件事一定是真的了，還是一個全人類的大祕密。我說：「如果真的說出來會很困擾的話，就不要說了。我也不會再問了。」

小潔特別堅定地說：「都說好了我一定要告訴你怎麼能突然就不說呢？我用到的是媽媽製造出來的夢境記錄儀。因為我天天被關在家裡不快樂，媽媽想要讓我快樂，就把她夢到的好玩的夢境送給我了。之後我也用媽媽發明的這個寶物記錄了很多夢。媽媽說這是為我製作出來的獨一無二的東西，只是想叫我快樂。我覺得古老師是個好人，可她真是我見過的最壓抑、最克制的人。雖然這個學校的老師都說同樣的話做同樣的事情，有的是真的那麼想，可你沒有看出來古老師是裝的嗎？她面對大家說話，和她面對我們兩個人說話的頻率都不一樣。可是作為一個清澈的大人，因為我也是個差不多狀況的人，我特別懂面對被灰塵蓋起來的大群體那種巨大的無助和恐懼，她就把自己裝成那個樣子。每次感受到她生活得那麼孤獨和不快樂我都很難過，我就送給了她一個夢境叫她快樂起來。」

我又興奮又悲傷。興奮的是，因為一個人的到來，我覺得生活多了很多可能性，一切都重新變得充滿希望。悲傷的是，我原來覺得小潔就是沒有經歷過任何事的一塵不染的小女

孩，現在我覺得小潔和周小優一樣，是複雜而深邃的，承擔了太多她們的年齡不該承擔的東西。小潔說她心疼古老師，而我像是她心疼古老師一樣心疼著她啊。

小潔還說她的媽媽不讓她告訴別人自己的媽媽可以搞出很多別人無論如何也搞不出的發明這件事，這會打擾到她，然後就再也沒有辦法安心創造了。然後她還想用更多的時間陪著小潔。可小潔覺得只有這麼小的範圍還不夠，想要把範圍再擴大一點，讓很多人一起感受到如此美妙的發明。可這個時候小潔的媽媽就長嘆一口氣說：「那麼災難就要來了。」

「會是什麼災難呢？」我問小潔。

「就指她想一個人安安靜靜地搞研究。現在還沒有人弄出這種東西出來，只有她一個人做到了。別人就會不斷地打擾她，讓她無法安靜地搞科研和陪伴著我了。她還說了別的，我不是很懂的話。她說她製作這個東西的目的很簡單，可是就是有人想要用它做些很複雜的事，一切就都開始變得不美好了。」

不過媽媽答應我，等以後小潔離開她的時候，她整個餘生都會發明給孩子帶來快樂的稀奇古怪的東西，並教給大家如何操作，讓所有孩子都可以和我一樣，有機會一起感受。

我不可思議地看著小潔，此刻對她和她的媽媽心中冒出了無限的敬畏，我覺得她們才是做事業的人，這才是生活啊！小潔脆弱的身體裡隱藏著無比強大的能量，因為她這個世界美

好了不止一點點。還有更重要的，我一直覺得作為頂天立地的男子漢得從現在開始思考未來要幹些什麼偉大的事，可是我一直毫無頭緒，今天小潔發出了一道光芒讓我隱隱看到了未來的可能在哪裡。

「你一直看著我幹什麼？」小潔不解地問我。

「哦，對不起，我在想……」我不知道要怎麼回答她的話，也說不明白此時此刻我究竟想了些什麼，然後我說：「我在想，有機會的話可不可以也送給我一場夢境呢？」

自從小潔來到我們班，上課變成了越來越有趣的事情。有的時候課堂氛圍會很緊張，小潔身上就好像裝著一個測空氣緊張指數的儀器，只要這個指數升高到讓人覺得不舒服的狀態，小潔就會做出怪動作或發出怪聲音轉移大家注意力。我們上著上著課大家就「哄」的一聲全笑了。

沒有人怪小潔，一個人都沒有。因為她太可愛了，大家都覺得這樣上課很有趣。不，有一個人，就是周小優，她還是堅持說小潔在譁眾取寵。

周小優高興或者不高興全部寫在臉上，她不僅讓我看出來了她不喜歡小潔，並且讓全班同學都看了出來。古老師也看了出來，有的時候就會提醒周小優：「作為班長妳應該保持對所有同學都很友好。」只有小潔一個人沒看出來，她來找我說話的時候也笑著和周小優說

話，可每次都被周小優打發走。

小潔就疑惑地問我：「周小優怎麼那麼乖，一刻不休息地在學習，心不會累嗎？」她一直覺得周小優是在忙學業才沒有理她，從來沒有想過周小優是因為不喜歡她沒有理她，只是恰巧在每次她來說話的時候在忙學業罷了。

周小優其實也是一個耐不住寂寞的人，每次她說不理我之後沒過多久就又恢復和我說話了。等到小潔走後，她很不開心地和我說了一句：「你說小潔天天在裝可愛，心不會累嗎？」

我一皺眉說：「周小優我覺得妳不應該叫周小優了，因為妳其實一點都不優秀。」

周小優揚著她那張精緻的臉看著我，顯然沒有聽明白我在講什麼，我就接著說：「妳應該叫周小妖，一點不善良、不可愛，天天欺負別人。妳說妳是不是周小妖？」

古老師已經開始講課了，周小優很生氣，臉漲得通紅。她馬上舉起手。她已經不管古老師叫不叫她了，就這樣站起來說：「古老師我要換同桌！」

「妳怎麼又要換同桌？」古老師問。

「因為我身邊坐著一匹狼！」周小優沒好氣地指著我的頭頂。

我的腦袋「嗡」的一聲，同樣的事件怎麼一直在不停地發生。全班同學「哄」的一聲笑

了，古老師也沒忍住笑了。笑完之後她趕緊嚴肅起來說：「周小優妳先給我坐下！」

周小優沒有坐下，眼淚又掉了下來。

她一邊掉眼淚一邊說：「沈遲和小潔一直在欺負我，您怎麼都不管。他們還一起給我起個外號，叫我『周小妖』。」

大家又都笑了。古老師沒笑，小潔也沒笑。古老師很嚴肅地說：「周同學，以後妳要能分辨什麼事情應該告訴老師，什麼事情應該自己解決。你們三個下課都到我辦公室來一下吧。」

周小優站著也不是，坐下也不是，完全手足無措。這個時候我不知道哪裡來的一種衝動，我想拉著周小優走出這個教室。

可我還是沒有這樣做，我手足無措地坐著。因為在這種她很衝動的情況下她一定不會覺得我是在為她好，說不定大喊一聲「你幹嘛」，我真擔心周小優又出什麼問題了。

第三章　周小優家裡發生的大事

古老師在辦公室的時候什麼都沒有說，她只是和周小優說：「我答應給妳換同桌，不過妳可不許再任性。如果還出問題的話，就不是沈遲的問題，是妳的問題了。」

周小優臉漲得通紅。

「然後你們三人都走吧，我一會兒還有課。」古老師說。

「古老師，那我們……」我說。

「什麼都不用說，走吧。」古老師打斷我，她看上去很疲憊。

周小優一出辦公室就氣呼呼地走了，留下我和小潔面面相覷。我看著小潔苦笑了一下說：「我覺得古老師不是最需要妳的夢境的人，最需要的是周小優。」

小潔聽我說完嘆了一口氣說：「我送過她的，因為我覺得周小優是我唯一走不近的人，可我很喜歡她，我一直想和她成為好朋友。可是我的夢根本接近不了她，都被她自己的夢趕回來了。」

雖然是一句很好笑的話，可是小潔的語氣很憂傷，我像是聽一個童話故事一樣聽完她說的話，這句話聽起來有著滿滿的畫面感，然後我說：「她的夢和她的人一樣。周小優就愛趕別人，怎麼她的夢也愛趕別的夢？」

小潔聽完噗哧一聲笑了，笑完她說：「這說明她是無比堅定的一個人，並且她一直覺得自己堅持的東西是對的。任何人都不能打敗她。所以她那麼優秀、那麼堅強，我覺得她不像現在這麼失控的話，以後說不定是個像是我媽媽一樣厲害的人物。」

我於是在想，周小優就這樣一直不接受別人的幫助，就得慢慢靠自己一個人康復過來，這是多孤單而漫長的一段路啊。小潔和我說：「周小優的心臟特別需要溫暖，我們得有些耐心，多花出一些時間來慢慢治癒她。」說完她還無奈地笑了一下問我：「哥哥你說，我是個自己都不能維護自己的生命的人，也並沒有多少時間，還總想拯救別人的人生，是不是特別好笑？」

「不要這樣說，千萬不要這樣說……」我一邊擺手一邊和小潔說。我突然覺得我的語言貧瘠得可憐，本來我想說些什麼溫暖的句子安慰她，可我什麼都說不出來。

事實證明拯救周小優是個特別艱難的事情，第二天上學，我覺得一切都過去了的時候，換了同桌的周小優喜氣洋洋地告訴我說：「誰勝誰負，馬上就見分曉了，我先告訴你一聲呀，到時候可千萬不要太驚訝。」

我一頭霧水地問她：「什麼叫誰勝誰負馬上就見分曉了？」

周小優卻不再繼續說了，衝著我神祕地微微一笑。她這一笑讓我覺得頭疼不已，我真擔心她搞出什麼不好處理的事件來。不過一直到快要放學都沒有發生什麼特殊的事情，最後一節課的時候我看了幾次周小優，很明顯地感覺出來她沒有聽下去課，一直在動，不是看窗外就是在看門，有的時候回頭看一眼小潔，要不就是翻書包找著什麼東西。

我寫了一張紙條推到了周小優的眼睛下面，上面寫著：「周小優，妳是不是有什麼故事？」

周小優看了紙條一眼，又給我推了回來。我無奈地搖搖頭，在上面接著寫：「周小優我真的特別擔心妳。妳也知道，全班這麼多同學，我最關心妳了。」

周小優這次想了想，在紙條上寫了這樣一段話：

你都不知道這些日子我有多難過。我家裡出了大事，我爸爸要離開我們。小的時候爸爸媽媽就總吵架，從小到大我都在拚命努力維護父母的關係，成為最棒的女孩。現在比我受歡迎的女孩子出現了，不管我做什麼都贏不了她，因為我不是最受歡迎的女孩

了，我爸爸媽媽也不喜歡我，他終於要走了。我是一個特別渴望愛的人，這讓我覺得我曾經很努力爭取來的一切東西都不屬於我了。

按照我對周小優的瞭解，她那麼聰明是不可能一直做莫名其妙事情的人，果然是發生了一些事讓她覺得受到了刺激。不過周小優的邏輯讓我覺得匪夷所思，爸爸離開和她是不是學校裡面最受歡迎的女孩有什麼關係？我也很理解她的倔強，我所瞭解的周小優是一個不撞南牆不回頭的人，所以她很優秀，小潔說得對。她就是從來都是決定去做的事想盡一切辦法都要爭取做到最好。

我接著問周小優具體怎麼了，她的爸爸到底要去哪裡？她嘆了一口氣後就不再理我了。我鬱悶地坐在她旁邊，其實我真的很想和她說，不管發生了什麼事，好多事情都是這樣的，不是努力就會有改變的。如果她不想那麼多，承擔很多，反而會收穫很多快樂。當一個普通的小學生，每天和我們一樣上學下學，上課好好聽課，下課和大家玩，風吹過的時候就感受風，雨落下的時候就感受雨，這是多幸福的事啊。

唉，不過我現在和她說這些她應該都聽不下去了。

放學的鈴聲終於打響了，周小優背上了她早就收拾好的書包，手裡還握著一個信封，她左躲右閃地穿過站起來收拾東西的同學們，兔子一樣地消失在門口。

我又嘆了口氣，回頭去找小潔，我答應了科學家阿姨送她回家，不，送她去科學家阿姨工作的地方。

我一路拉著小潔的手沉默不語，小潔倒是很開心，她和以前一樣，看到鳥兒飛過就會發出感嘆。本來每次和小潔在一起的時候時光都會變得無比溫柔和美好，可是現在我滿腦子都是周小優，現在一想起我這個同桌我就覺得很是傷腦筋。

「哥哥，你不開心嗎？」小潔突然轉過頭認真地看著我問。

我微微笑著問她：「妳是怎麼做到每天都那麼開心呢？」

「為什麼要不開心呢？」小潔說，「哥哥，你來，靠近這邊的房子。對對，再靠近一點。要微笑喔！」

我按照小潔的指揮傻傻地站在路邊的矮房子旁邊拚命露出門牙，小潔站在我的對面認真地看著我。我剛想開口問她這是想要幹什麼，她就非常開心地說了聲「好啦」！

小潔挪到我的身邊來，一邊指給我看腹部的一個很細的小口。她從裡面拿出一張照片出來，照片裡我正在傻笑。我拿著這張照片，重新看著我身邊的小潔，我不知道她還有多少我不知道的本領，覺得她好厲害。

「因為小潔的爸爸是很棒的攝影師喔，所以媽媽設計我的身體，是根據攝影機和照相機設計的，所以有拍照功能，我的眼睛有不同倍數的變焦功能，長鏡頭、廣角鏡頭，用不同的方法看那麼多美好的生命，所以我眼裡這個世界如此漂亮。」小潔的聲音變得越來越溫柔：「所以哥哥，值得開心的事那麼多，怎麼能夠不開心呢？」

新一天上學的時候，我的同桌周小優沒來。雖然我已經搬到別的位置了，我依然習慣地看向原來的那個地方。關於周小優沒來這件事起初大家都沒有注意，我還有點慶幸周小優沒有來，我想我能清淨一整天了，不然可能還會像每天一樣把我拐進某種莫名其妙的焦慮情緒裡。雖然我捕捉到，晨讀的時間，班主任古老師想要叫周小優收作業的時候看到她的座位是空的遲疑了一下，就叫別人幫忙收了。一開始我沒有想太多。今天第一節課是古老師的英語課，古老師上課上到一半的時候，滿臉淚痕的周小優被一個陌生的叔叔送進了班級。我認識周小優的爸爸，不是現在教室門前的這個男子，所以我認定這個叔叔是一個「陌生人」。他是誰？剛剛周小優去哪裡了？

那個叔叔小聲地敲敲教室本來就敞開的門，古老師說這樣通風。全班同學都比古老師最先看到了他們，大家的眼睛齊刷刷地射向了教室門口，過了一會兒古老師才看到，她從教室中間的位置走了出去。

我的眉頭一緊，我彷彿聞到了空氣中火藥的味道，預感到門口的周小優和古老師大概要發生不好的衝突了。就在我暗自感到擔心的時候，不知道門外交流了些什麼事情，果然傳來了「咚」的一聲，應該是古老師把英語課本扔在地上的聲音，她剛剛出去得太著急手裡還拿著英語課本。然後我就聽到周小優「哇」的一聲放聲大哭起來。

我的同學們都小聲地議論起來。

過了一會兒古老師氣呼呼地帶著周小優走進了教室，大家一下子就都不敢說話了，所有人都能看出來古老師此時此刻很生氣。我真的很疑惑周小優這樣的學生能幹出什麼讓古老師這麼生氣的事情，她不在的這半節課究竟去幹什麼了呢？

「太不像話了！馬上就要升入國中了，你們所有人，所有人，所有人，怎麼都不想想學習的事情呢？」古老師說「所有人」的時候，就用手指指著周小優，周小優本來在怯怯地看著古老師，看到古老師指著自己的手和射過來的眼神嚇得低下頭去。「不僅不想學習的事情，連身上最重要的東西，也都丟掉了！」

古老師把課本摔在課桌上，說：「我宣布，撤銷周小優班長職位，下午班會舉行班長競選。」

「關於周小優去幹什麼事了，我想我暫且替她保密吧。因為說出來了，對周小優同學的

影響不太好。希望以後班裡的同學能夠互相團結，在學習上，在生活上，不要關注讓人匪夷所思的事情影響學習。」古老師說。

周小優聽到古老師要撤銷她班長職位，崩潰了，對於周小優這種高高在上的從不丟臉的精緻的人，受不了這樣的打擊。周小優接下來的做法讓我覺得她非常勇敢，她是一個不能丟臉的人，她現在覺得很丟臉，在古老師一個人面前丟臉就算了，因為還有那麼多同學在底下看著她，她想要挽回一下替自己說說話，她不能讓自己這麼多年來建立起來的光輝形象全都破滅了。

「古老師謝謝您，我知道這件事是我的不對，謝謝您的批評，我會反思自己做過的事。也謝謝您維護我，可我周小優絕對不是一個敢做不敢當的人。這雖然是我一個人的祕密，可是現在我決定向全班同學公開並向大家致歉。」周小優停了一會兒，深深地吸了一口氣，古老師站在她的旁邊露出一臉驚愕的表情，我周圍的同學們也露出同樣驚愕的表情，周小優接著說：「是不是六年一班的班長我無所謂，因為我馬上也不是六年一班全體成員的同學了。在走之前我要和所有人說聲對不起。我第一次和一個人公開宣戰，現在我認輸了，我退出。因為我沒有弄明白一件事情，就是在什麼地方就要尊重一個地方的遊戲規則。我在嘗試改變這個規則，可是我沒做到。沒做到還適應不了，所以我走。另外，我確實不該欺負一個什

麼能力都沒有的小可憐，可是自從她來了之後，我就一直不管做什麼都不對，我天天都感到特別緊張，可還是會讓所有人感到不舒服，我的同桌，還有古老師。我不想讓大家覺得周小優原來是這麼一個笨手笨腳的人，我越來越覺得有可能我們不適合待在一個班級裡。所以我想了很久，不然她走，不然我走。於是我把她舉報了，因為我記得之前有一個文件說機器人不能進人類的課堂，可是有關部門沒有理我的舉報信，我就親自去教育局鬧了一頓，接下來的事你們也就知道了。其實說到現在我還是不想道歉，因為我沒錯，我實在不明白所有的人為什麼都在維護她不管早就訂好的規則，我要去更講道理的城市和學校了，希望這是最後一次，我已經浪費很多時間了，以後不會再遇見這種莫名其妙的事了。」

說完周小優臉朝向著小潔的座位那邊深深鞠了一個躬。「大家對不起，唯一對不起的原因是我不想傷害別人，也不想傷害小機器人，我只是想得到爸爸的愛。」

小潔看起來非常平靜，沒發出一點聲音，傻傻地看著周小優。

古老師聽得很生氣，她剛剛看起來就很生氣，現在就更生氣了：「周小優！因為小潔根本就不是機器人！她是人！就像是妳的媽媽，妳的爸爸，還有我們自己是人一樣！」周小優沒想到古老師能用這麼大的聲音喊著說話，嚇得身子一抖，差點從講臺上掉下去。

「太不像話了！太不像話了！大家都是孩子！你們的天性呢？你們的天真和善良在

哪裡？這種時候，不想著學習，不想著要愛自己的同學，還動用心機想把自己的同學趕出去！」

古老師的話讓我聽得心驚肉跳的。雖然周小優嫉妒小潔的時候我都是站在小潔一邊，可是古老師說得過分了，在我看來周小優只是耍了下小女孩的性子，而這也是因為以前老師和家長都對她太好了的關係，這不是周小優的錯。現在古老師就這樣當著全班同學面把周小優說成一個不天真、不善良、滿懷心機的壞人了，從來沒怎麼受過批評的周小優怎麼受得了這個？

我的眼前出現了幻覺，就覺得自己是一個頂天立地的大英雄，我能拯救世界，而現在這個世界裡一個弱小的靈魂正在被傷害，如果我再不出手馬上就出人命了。說這是人命關天的事一點也不過分。最近我在家裡在看一些很厲害的人物的傳記，在這些偉大的人身上都一些又微小又嚴重的問題，還根本改不掉，大家分析到最後說這些瑕疵是因為童年陰影。如果周小優本來是一個陽光向上的人，她的生命就會照亮很多人過得很快樂、很幸福，如果今天的經歷使周小優留下童年陰影了，她就會痛苦地度過一生，她的生命也將會給很多人帶去災難。所以這是不是人命關天的事？

我一時全身熱血沸騰，拄著桌子就跳起來了說：「古老師，您錯了！」

小潔也站起來，說：「是的，您錯了，古老師。」

我聽到我的四面八方同時傳來一個倒吸冷氣的聲音，教室變得更靜了，呼吸的聲音都沒有了，大家彷彿都不敢呼吸了。

「什麼？沈遲！還有小潔妳竟然也跟著胡鬧……你們剛剛說的是什麼？」古老師的聲音彷彿帶著回聲，我一下子聽到了無數個我的名字和「什麼」。

「古老師，我剛剛說，您錯了！」我看著她的眼睛堅定地重複了一遍我剛剛說的話。

「你你你！」古老師用手指一直指著我，氣得說不出話來，「我算是知道，我已經教不了你們六年一班了……」

我看到古老師眼睛裡有兩顆眼淚滾出來，平時古老師就像男人一樣，這是我第一次看到她流淚，我驚在了原地，突然不知道自己要說什麼話了。古老師的頭髮已經沒有那麼短了，現在的髮型有點像櫻桃小丸子，挺可愛的，像個小女孩一樣。她長長地呼了一口氣說：「六年一班的所有同學，我們也一起相處六年了，這不是一段短暫的日子。估計以後你們讀了中學，讀了大學，我想也不會來看我了。現在你們快要考國中了，我真希望大家好好學習，能夠不留遺憾，去一個好一點的地方，當然如果像是周小優現在可以靠著別的力量現在就可以去，但還是靠著自己的力量去比較踏實。所以現在不要想一些並不美好的又沒用的事。你們也知道我們光明小學的升學率和入學率越來越差了，大概送走你們這屆，就要被合併了。

合併後不需要太多老師，估計哪個班的成績最差哪個班的班主任就會下崗。我倒不是擔心你們考不好我去和人工智慧們去幹下等的體力活，我只是覺得一起相處過六年，故事的結局是我們一起輸了。擔心哪天走在大街上，失敗的我碰到失敗的你，尷尬到不知道要說些什麼話。」

古老師這次是動了真情，我們聽得都特別詫異和感動，古老師接著說：「我都年齡這麼大了，可以輸。也沒什麼了，可你們還是小孩，剛剛開始，不能輸。反正我也一直在輸……一想到我年齡也這麼大了，也沒成家，也沒立業。家人也不理解我。現在工作也要失去了……有時候所有寄託都在你們這群孩子身上，可又想，這又算是什麼寄託呢？」

「周小優妳回去吧。謝謝妳的這個祕密，我也說出了我的祕密，一直卡在心上確實很難受。」古老師語氣很平靜也很溫柔，「也不知道大家能不能懂。可是我發誓這是我最後一次批評你們，以後我也絕對不批評你們了。最後幾個月的日子，我們都好好過，儘量做到不留遺憾。」

「周小優和古老師都說了一個祕密。」小潔的聲音從最後一排傳過來，「既然這一切竟然都是因我而起，我也來給大家講一個祕密吧。」

「記憶裡我就從來都沒有走出過家門，不，走出過我的玻璃屋子。因為我，原本爸爸媽媽的感情很好，可是爸爸卻因為我離開媽媽了。媽媽一直在想念爸爸，包括我現在這個機器身體的視覺系統的原理都是為了懷念爸爸。有的時候我隔著玻璃看外面的世界，我就會自怨自艾，就會想天底下那麼多孩子為什麼只有我會被生成這個樣子。」小潔的聲音開始變得哽咽了：「我八歲的生日那天，和媽媽說的願望是，我真的不怕身體能感染上什麼可怕的疾病，我想在大山裡打滾，我想在水裡和魚一起玩，我想交好多好多好朋友牽著她們的手，我想擁抱媽媽和每一個人，我只是想走出去哪怕時間再短也沒有關係，我不想再待在這裡了。那時候媽媽在大學教課，後來就辭職不幹了，去了科學研究所，後來我才知道她只是想要滿足我的這樣一個願望。她一直在說，快沒時間了，快沒時間了。我不知道她為什麼這麼著急。」

我這才知道，小潔的媽媽設計她現在身上的這套設備足足用了四年的時間，原來我一直覺得天才做什麼都毫不費力，很快就完成了。

「沈遲哥哥、周小優，還有每一個同學，能有這麼一段相處的時光我感到特別幸福。我想讓每一個人都開心，周小優是特別的，我大概知道她為什麼會一直情緒這麼失控了，我很心疼她。她沒有只關心現在的事情，她已經和我媽媽一樣在為未來的事情焦慮了。唉，沒想到現在還是會發生類似的事。因為，這是我最後一段能夠陪著大家的時光了。」小潔說到這

裡發出一串清朗的笑聲：「能夠認識大家，能夠感受到什麼是友情，什麼是愛，真是一件振奮人心的事啊。」

「地球要發生天翻地覆的變化了，所以我媽媽才那麼著急。她告訴我，未來三年內地球將會停止轉動，它累了。全世界要有一批很棒的科學家和地質學家去地心製造一個巨大的推動地球轉動的機器，我的媽媽也要去。然後最近達到成功率百分之九十九的實驗又成功了一個，就是世紀難題人體冷凍，然後隨著這個實驗通過安全實驗檢測，過幾天就要公布於眾了，我不久後會被凍起來離開這兒，因為我的媽媽也要去，和照顧我比起來她覺得救地球這件事更重要。」說到這裡小潔長長地吸了一口氣。

我隱隱約約知道關於冰凍的這件事，冰凍技術可以叫人一直睡著，等到他想醒來的時候就再被解凍。這件事從很久很久以前就開始實驗了，可是能甦醒的概率一直特別低。想到這裡我的眼淚就掉下來了。

小潔接著說：「這個實驗是有一個類似於信仰的東西在裡面的。大家不要擔心，我不會一個人走，只不過我比大家早一點。我很驕傲可以做科學家媽媽的女兒，可以為大家探路。大家覺得十二歲以下的孩子得了當下醫學無法治療的疾病還沒來得及感受，就要和世界說再見是件特別殘忍的事，所以冷凍技術只能用在十二歲以下患有不明疾病的孩子的身上，等

到未來的醫療手段可以治療這個病的時候再由那個時代的人解凍，讓他活在那個時代重新從小孩長成一個成年人，感受世界上一切美好的事情。等到那個時間一到，我和其他不幸的孩子，不，不能說是不幸，我們就將會彼此陪伴著暫時去另外一個世界，也不知道會不會和大家永別……」

這可真是一個詩意又淒美的故事。可是此時此刻聽得特酸楚，小潔純淨的聲音流淌在教室上方，像是一隻手撫平我剛剛特別緊張的心臟，我不敢看小潔那可以變焦的機器眼睛，我的淚眼前全是憂傷的藍色。

「我就是想要告訴大家一聲，現在過去的每一分鐘、每一秒鐘，都是我人生中最幸福的時光。」小潔說完，發出了一串笑聲，聽起來真的很快樂的笑聲，沒有一點悲傷。

大家一起沉默了許久，彷彿能聽見每一個人的心跳。全班都哭了，然後全班同學都聽到一陣嚎啕大哭的聲音，是周小優發出來的，她上前抱住了小潔，連連說對不起：「小潔對不起，我覺得我簡直長著一顆鋼鐵的心臟，我不知道該如何講我現在有多慚愧，真的真的對不起。」

下課鈴在周小優的哭聲中響了起來，大家誰都沒動，都老老實實坐著。最後是古老師說了一句話：「我也是第一次聽到這個大祕密，我也感到很震驚。大家都別坐著了，快走出去，跑一跑，走一走路，感受下陽光，下節課還有別的老師來上課。另外我想說，這是我上

過的最好的一堂課。」

小潔把哭泣的周小優送到了我的身邊，還開心地叫了我一聲「哥哥」。於是一場充滿火藥味的風波就這樣戲劇性地平息了。我鬆了一口氣。我覺得我想和小潔說好多話，一時語塞，最後什麼都沒說出來。

「晚上一起回家吧。」小潔對我說。

我趕緊點頭。這是小潔第二次主動讓我送她回家。

周小優哭了一節課，我拜託同學們傳過去給她的一包紙巾都沒夠用。後來她哭累了，大概昨晚也沒有睡好，就沉沉睡去了。沒有任何人叫醒她，老師看了她一眼，就接著講課了。讓她睡吧，她一直帶著那麼重的心理負擔，一定很累，應該好好休息一下了。周小優是在第三節課快下課的時候醒過來的，剛剛醒來她就像犯了錯一樣去看小潔。她下課的時候跑過來和我說：「小潔原諒我了，她衝著我笑了。」

「衝著妳笑了？」小潔帶著她的機器身體，平時根本看不到她的情緒，只有她開口說話了，是開心還是憂傷才能被一下子聽出來。所以我對周小優說：「妳是不是出現幻覺了？妳能看到小潔衝著妳笑？」

「你不懂，我就是看見了。」周小優衝著我撇撇嘴，「我要給小潔寫一封信，要寫好長

好長！」

「妳要給小潔寫信？妳不是說過妳最不喜歡寫信了？」我逗周小優。

「以前我覺得寫信這事特別耽誤時間，有什麼事不能當面說呀，打電話也行啊，那麼費時間，不如用來睡覺和學習。」周小優說，「現在呢，我真是覺得，有些話說是說不出來的，所以就寫下來吧。」

周小優一邊說一邊露出一個特別害羞的表情，這才像現在這個年齡小女孩臉上的表情，真的很可愛。我彷彿能看到周小優身上發出來的暖暖的光芒，彷彿看到了很久很久以後的周小優，以後她會幹更多美好又偉大的事，我想她那麼聰明那麼機智，再加上特別善良，以後一定能給周圍人帶去很多快樂，會成為一個特別正能量的人。

周小優寫好信叫我去給小潔，我和她說她自己去小潔也許會更開心，但周小優堅持叫我去送。於是我從作業本上撕下來一張紙，把周小優的信包在了裡面，上面寫上「傳給小潔」，便遞給了我的後桌。我想，每個人在幫周小優傳遞這封信的時候，一定都會感到很幸福。

又過了一會兒，小潔的回信傳過來，周小優看了一下便傳到我的桌子上叫我看，上面寫著：

周小優：

我也想和妳說好多話，我想和妳說的話妳晚上會收到的。另外，今天放學，妳可以和沈遲哥哥一起送我回家嗎？

小潔

下課鈴聲響起來了。周小優和我說：「太好了，一起送小潔回家吧，我本來有一節英語補習，我待會兒跟老師請個假不去了。」

我感到很驚訝，心想周小優英語成績那麼好，竟然還要補習英語。周小優和我說，她已經把整個初中的英語課程全部補習過了。她不僅要補習英語，還要補習化學和物理，她家人和她說學好科學很重要。她說這些話的時候我在算一週有多少時間要待在學校裡，多少時間在家。我覺得我每天回家看個動畫片、做完家庭作業就已經很晚了，週末的時候發會兒呆，再玩一會兒，沒玩盡興就又要上學了，周小優竟然能用這些業餘時間能夠把初中那麼多知識都學完，太了不起了，我覺得她的腦子簡直就是一臺電腦。

「那妳還上初中嗎？」據我對周小優的瞭解，加上她說的這些話，讓我覺得她已經把初中的知識準備得差不多了，那還上初中幹什麼？一定要去忙更重要的事情了吧？如果我能到

周小優這個程度，我也會考慮去哪裡過三年不一樣的時光，我好好奇外面的世界究竟是怎樣的。然後等到和同齡人腳步保持一致了，再回來和大家一起上學。

「到底在說什麼蠢話？之所以要先把初中的知識學完，是因為等到國中的時候，就有更多的東西要學了，可能會學高中的東西。其實有時候我想把這些課全部都翹掉，好好練習一下舞蹈。」周小優說，「可是每當看到那麼多目光注視著我，我就不敢了。」

這天下午，周小優和我說了很多很多話，彷彿比前五年多同學時間裡說過的話都要多。自從做了同桌以來，每天也能對很多話，可是每天都是在重複同樣的話。老師把我們調開之後，她反而會課間跑過來說很多故事，這真是好奇怪的一件事。

不知不覺就到放學的時間了，小潔過來找我們，我們三個一起下樓，走到外面的陽光裡。小潔把手塞進周小優的手裡，我幫小潔拉著書包。小潔的書包是帶輪子的，書包上面有一個拉桿，書包下面的輪子經過特殊處理過，在地上滾動時可以不發出聲音。

「我媽媽今天在家！」小潔開心地對我們說，「正好我把我的好朋友們介紹給她認識一下！」

「妳媽媽經常不在家嗎？」周小優問。

「唉，確切地說，我媽媽應該比每個人的媽媽在家的時間都多。我媽媽每天都在我的身

邊，她說除了她自己別人根本不知道怎樣照顧我。可是，平時我被關在一間屋子裡，她就把自己關在另外一間屋子裡，不知道在做著什麼研究。」小潔說著說著又笑了，「我就看好多書、讀好多故事挨過這些漫長得不知道哪裡是盡頭的時光。不過，每當我一發呆，覺得心裡有點孤單了，媽媽就會出現了，給我送點吃的，或者給我讀讀故事，帶我唱唱歌。不過她昨天告訴我說，最近的一個專案研究結束了，在離開前的每一天都用來陪伴我。」

我聽得又是鼻子一酸。

小潔帶著我和周小優沿著一條路拐來拐去的，我總覺得小潔帶我們走的這條路和別的路不一樣，這條路特別幽靜，沒有什麼行人，有好多小花開在路邊。就這樣走了沒多長時間，小潔說了聲：「到了！」

我們一起看到一個兩層的暖黃色的別墅立在路的盡頭，院子裡種著好多叫不出名字來的植物。

我想起了我和媽媽住的那個十多坪的小屋子。不知道小潔家的房子可以拆成幾個我們家這樣的小房子。

*　　*　　*

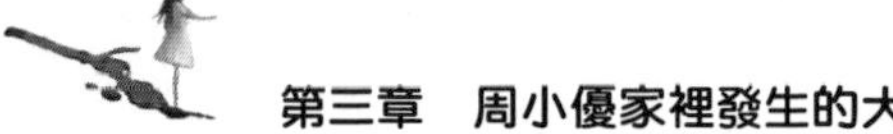

科學家阿姨就在院子裡等著她，坐在一架鞦韆上輕輕地晃著，一邊晃著一邊看向天空，從我們這個角度看過去真是非常非常地美，就像是詩歌一樣。小潔的媽媽看到我們就從鞦韆上下來，站在鞦韆旁邊等我們。我們三個一起走到她的身邊，我和周小優一起說了一聲「阿姨好」。

「歡迎到我們家來玩。」小潔的媽媽笑了。

「今天我終於能帶你們看看『我』了。」小潔也笑了，發出一串好聽的「咯咯」的聲音。我才意識到，認識小潔這麼久，我一直沒有看過她真正的樣子，連照片什麼的也沒有看過。不過說來也怪，每次一聽到她開口說話，腦海裡總會浮現出一個精緻的女孩子的樣子，特別立體，特別真實。我想，就算我從來沒見過她，真實的小潔從我身邊走過去的時候我還是會一眼把她認出來。

這樣想著，我一步步往別墅前走過去的時候心中不禁有些小激動。

我們一起走進屋子，換上軟軟的拖鞋。小潔的媽媽帶著我們沿著樓梯走上二樓。小潔家的樓梯特別奇特，是轉著圈的，轉圈的樓梯旁邊有一個轉著圈的滑梯。我和周小優都睜大了眼睛，心裡面覺得這個設計簡直太酷了。等以後我可以有自己家的時候就要這麼裝。

我的心「砰砰」地跳著，馬上就可以看到小潔真正的樣子這件事讓我激動不已，比任何時刻都要激動，此時此刻我就像是迎接一個光榮的儀式那般。

小潔的屋子的一面牆是透明的，這道透明的牆面對著我們，小潔已經伏在玻璃牆上等著我們了，她看到我們上來就特別開心地打招呼，看樣子馬上就要跳起來了。我們和玻璃裡的小潔挨得很近，小潔的一雙大眼睛清澈如水，我能在她的眼睛裡看到我和周小優。還是小潔最先說話的，她開口說：「沈遲，周小優。」我們聽不見她說話，大概是玻璃太隔音，可是我看她的口型就能分辨出來她在叫我們的名字。我看向那個替身機器人，她像是突然睡著了，安安靜靜地待在一邊。科學家阿姨拿過來兩對耳機給我和周小優，說這樣我們就能對話了。

玻璃後面的小潔拿著麥克給我們介紹她生活的小世界，她的身後有好多我沒見過的長相很古怪的機器人，她說這些都是健身機器人。因為她的活動空間有限，不運動的話肌肉會萎縮，所以好多時間都用來做運動。她還指著一個電腦和我們說平時她用這個看書和學習，說這些基本上就是她全部的生活了。我身邊的周小優剛剛一直很安靜，後來就傳來一陣吸鼻子的聲音，我側過頭去看她，發現她在哭。

小潔看到周小優在哭，眼眶也有些發紅，然後她馬上就又笑起來了，她指著天花板上掛著的一些機械告訴周小優說：「沒關係的，妳看這些都是媽媽給我做的。它們會製造陽光，

製造風，還會製造純淨的雨……」

然後默默流淚的周小優聽到這裡就開始泣不成聲了。

從始至終我和周小優沒有說一句話，一直都是小潔在講她的故事，從童年到少年，再到遇見我們，她說了好幾遍和我們一起度過的每個白天都是她最快樂的日子，每一分每一秒都覺得很快樂、很珍貴。小潔的故事就像是星星一樣，真的是一整個和想像一樣美好的小世界，她說因為生活裡只有她一個人，不免太單調了，所以大部分的時間都得用想像來過。她就給我們講她經過想像塑造後的這個玻璃小屋，有聲有色的，聽得我和周小優也和她一起快樂起來。便不覺得小潔很寂寞了，生活裡總是有太多難纏的事情，竟然有點羨慕起這個生活狀態來。

第四章　夢境記錄儀

直到天快黑下來，我和周小優才離開小潔的家。小潔的晚飯是裝在罐頭裡的，科學家阿姨還送給我和周小優每人一個同樣的罐頭。要分別的時候我們都很不捨，我心裡生出一種地老天荒的感覺，剛剛靠近小潔的時候，我覺得和一切美好的東西都非常近，起身要離開的時候便又覺得離這一切又變得很遙遠。耳機裡小潔的聲音傳過來說：「沒關係，我們明天就又要相見了。」她還是笑得那麼開心。

她說完這句話站起身來，舉起雙臂，就這樣一直舉起雙臂凝視著我們，久久地。我突然回想起來剛剛見面那天她舉起的手，我明白了小潔的意思，也做出來一個同樣的動作。我和周小優隔著玻璃每人給小潔一個大大的擁抱。說來也怪，就這樣一個空空的擁抱，讓我全身一下子就溫暖起來了，是真真切切的溫暖，直到從小潔家裡走回自己家裡都沒有消退的溫暖。

然後小潔一直微笑著在玻璃裡面看著我和周小優，我和周小優也一直看著她，我過了好久都不知如何開口和小潔說話。

周小優走在我的身邊一言不發，我也一言不發，此時此刻我特別懂周小優，我知道她的悲傷從何而來，我覺得我們從來都沒有這麼默契過。然後我故作輕鬆地和她說：「多好啊，她一定是這個世界上最純淨的生命體了，眼睛能看到的以及通過想像才能看到的地方，全都一塵不染，就像是一幅畫，一首詩那樣。而我們，還要繼續在污濁的世界裡摸爬滾打。小潔離這些東西都很遠，她的世界裡的新奇和美好是我們無論如何都到達不了的地方。我們應該一起祝福小潔。」

周小優看向我，然後露出了一個很憂傷的微笑說：「是的，我從心裡往外地祝福小潔。」之後又是一段好久好久時間的沉默，又過了一會兒我問：「周小優，所以妳爸爸是要離開妳們去小潔說的那個項目嗎？」

周小優聽到我這麼問就哭了。她告訴我說：「他不會馬上去地心，而是先要參加省裡的體能培訓，開相關會議，可是他馬上就要離開我了。我爸爸既不是科學家，也不是地質學家。他是高級工程師。」

周小優接著說：「他的工作單位明明那麼多人，只去一個人，為什麼別人不去？更年輕、更健壯的人都不去他要去？他當時安慰我說，因為我和別人不一樣，我是聰明的，可以完全不用他操心，可以規劃好自己成長的路。他可以放心去做更有意義的事情了。」

「所以妳是故意突然變得那麼愛亂來，其實是裝的？想要留住爸爸？」我笑著問她。

「不過周小優妳真的好累啊，妳要像妳之前說得那樣，要做一個最棒的女孩讓父母以妳為榮。可是又要同時做一些出問題的小事，引起父母的關注和愛。這個平衡還真的很難控制。」

周小優哭泣的臉上浮現出一絲淺淺的微笑：「對啊，可是當幼稚胡鬧的小學生也不是太容易，比當最棒的女孩難多了。你看我搞砸了那麼多事，並且小潔都不記仇沒有生我的氣。」

聽到這句話我就笑了，我知道這是倔強的周小優在和一直做錯事的我道歉，她說我們這樣的小學生不容易。

周小優給我講了好多好多家裡的事，她終於脆弱下來了，和我講作為一個資優生的無助。她給我講了一個故事，講到小時候她膽子很小，有一天做了一個噩夢之後不敢睡，一週都在和爸爸媽媽一起睡，她就睡在爸爸媽媽中間。她說媽媽的工作性質需要起很早，她和爸爸就繼續多睡兩個小時，每天早上都是抱著爸爸醒來的。後來她無意間發現爸爸心臟跳動得很慢，她再摸自己的心臟，跳得很快。那個時候她就知道心臟是個很厲害的部位，出問題是件很不得了的事情。

「我之後就失眠了，整晚都在感受爸爸的心跳。我覺得那個心跳聲彷彿每天都會變得慢一點。我總覺得他應該是生了什麼病瞞著我，馬上要離開我了，當時還真是傻得可愛。」周

小優邊說邊笑，我也跟著一起笑。

「然後我每天都在默默流淚，他睡熟了不知道，有一天天快亮起來的時候我實在克制不住自己的悲傷了，就開始嚎啕大哭，爸爸被我吵起來，驚恐地問我怎麼了。」周小優繼續說，「我就哭著說：『爸爸你可不要死啊。』他就很困惑地，睡眼惺忪問我：『到底怎麼了？』」

「我就把我的擔心說出來，他就笑了。馬上戴上眼鏡，迅速地穿衣服，給我套上一件裙子，還穿反了。他就把我舉高然後跑下樓，說要和我比賽跑步。後來我跟不上停了下來，他就在我們社區裡面繞著一個小遊樂園跑了五圈，然後喘著氣回到我身邊，和我說：『妳再來摸摸看誰跳得快？』」周小優一臉幸福地說，她的神情看起來只有五歲。

周小優嘆了口氣，爸爸說他的生命就像給我買的上發條的小汽車，就算心跳越來越慢，最後也不會停，因為他是超人，跑幾圈就又上足了力氣，只要我在，他就在，一直陪在我的身邊。

我聽完鼻子酸酸的，我安慰了一下周小優，連安慰都是特別無力的安慰，我不知道要處在哪一個角度安慰她。

回家的路竟然變得格外漫長，我們講了好多故事。我又我先把周小優送回家，再回到自己的家。

這個世界上，有人是了不起的科學家，有人是名垂千古的文學家，有人是金光閃閃的明星，我曾經覺得這些才是最棒的職業。可是我現在覺得，沒有比當一個媽媽或者爸爸更偉大的職業了，爸爸媽媽是天底下最厲害的職業。這麼想的時候我不禁加快了腳下的速度，跑了起來，我就一路跑回了家，我有好多話想要和我的媽媽說。

媽媽已經做好了飯等我，我已經做好了迎接媽媽因為擔心氣急敗壞地批評我的準備，因為我回到家的時候已經天黑了，我又沒有提前和她打招呼，我們的確在小潔的家裡待了好久的時間。結果媽媽只是說了一聲：「菜都涼了，我去給你熱熱。」

媽媽的話讓我的心臟暖乎乎的。不過她什麼都不問，我不知道怎麼開始給她講我想講的故事，我耿耿於懷地問媽媽：「妳怎麼不問我這麼久去哪裡了？」

「在你這麼大的時候，我也有屬於自己的覺得重要的事情，不想讓家長參與的。」媽媽一邊熱菜一邊說，「所以我就知道你剛剛是做很好的事情去了，你不主動說，我就不問。」

這句話讓我覺得很熟悉，回想了一會兒，才想起來小潔的媽媽曾經也這麼說過。我不知道如何接媽媽的話，我特別想說聲謝謝，也特別想說聲對不起。媽媽一直讓我成長得很快樂，雖然我的媽媽是個微不足道的小人物，是所謂生活在社會底層的人，可媽媽是個了不起的超人，就是有很多能讓平淡的生活變得很快樂、很溫情的本領。而我是個很不爭氣的孩

子，什麼都做不好，不能讓媽媽同樣感到很驕傲、很快樂。所以我感到很抱歉。

「吃飯吧，菜熱好了。」媽媽說。在我思考的時候媽媽已經熱好了菜，幫我把飯盛好了。她拿著另一碗飯坐在我的對面。

「您一直都沒吃飯嗎？」我問她。

「等你回來呀。我就知道你不會在外面吃，我還知道你一個人吃飯會覺得很無聊。」媽媽說。

「我們班有這樣一位同學……」我一邊吃飯一邊把小潔的故事斷斷續續地講給媽媽聽。斷斷續續的原因是，發生的故事太多了，連一直握住一片小葉子這樣的細節我也不經意講了出來，我就一邊思考一邊講。說到最後我覺得眼睛濕濕的：「認識小潔之後，我對生命還有生活都有了一個新的理解。」

而不管我說得多麼凌亂，我的媽媽都在那裡聽著，有的時候發出一聲「哇」有的時候一聲嘆息。為什麼有時候我都不知道自己說的事什麼媽媽就懂了呢？

我還記得在不久之前，我和周小優產生過一次激烈的辯論，關於文學和醫學哪一種更厲害。當時我說，假如現在有一位病人得了一種奇怪的病，他現在要去世了。可是現在的醫療手段還不能治療，也許好多人一起努力，在若干年後可以研製出治療這種病症的藥劑，可是

當時患有這種病的人已經去世了。而如果在這個時候，在他的床邊給他唱一首歌，或者給他講個故事，讓他此時此刻感到很快樂，這才是最有意義的事情。

當時我覺得我說得特別好，可是周小優說我是詭辯論，是偷換概念。現在我覺得當時我們真是沒有必要做這個辯論，因為在我們的內心裡，對一個信念是堅定不移的——我們都是想讓世界變得更美好。

我現在有點認同周小優當時的觀點了，我在想，我不想等了，就從現在開始，如果哪一天我能治好小潔的病，那該有多好啊。

＊　＊　＊

新一天的早自習古老師告訴我們說，下午的班會由小潔來主持。

每週五的下午都是舉行班會的時間，通常在這個時間古老師都用來總結班級一週的紀律和同學們的學習成果。最後再讓同學們分享一篇英語故事。班會是一門讓大家集體開小差的課，因為老師讓大家把手背到身後什麼都不許做，大家都在腦海裡恣意想著自己的事情。

古老師說，這次班會也許會和平時很不一樣。並且受小潔的啟發，決定以後用一個有趣

的方式開班會，不和以前一樣了。周小優聽完古老師的這句話，帶頭鼓起掌來。

古老師看起來和平時特別不一樣，除了嗓音溫柔了下來，不像是以前一開口就震得我耳朵直疼。她還化了一個淡妝，古老師的頭髮長長了一點，現在過了耳朵，她用一個很少女的卡子把長長的劉海別到一邊。她還穿了一身休閒裝，一雙運動鞋。而不是像和別的老師一樣穿著一雙鋥亮卻很不舒服的皮鞋，我一直知道古老師以前的鞋子很不舒服，因為從很遠的走廊外面走進來鞋跟敲在地板上會發出巨響，說明鞋跟超硬。而現在的古老師，喜歡走著走著路就在走廊裡面、操場上、我能看到的各種地方飛奔起來。我斷定古老師一定是個運動健將，上學的時候說不定破過校運動會紀錄。

中午的時候小潔說要請我和周小優吃飯，她就坐在我們的對面看著我們吃，一邊吃一邊笑。周小優說：「小潔，妳就這樣看著我們吃飯，不會覺得很奇怪和很餓嗎？」

小潔說：「我媽媽給我準備了別的午飯，此時此刻我們就在一起吃飯。」

「小潔，妳為什麼看到別人吃飯都這麼開心，還一直笑，這有什麼好笑的？」我問她。

「我就是覺得特開心。因為看到你們吃我請的飯這麼享受、這麼開心，所以我也很開心。」小潔說，「每次我媽媽給我做完飯看我全吃光，就說她會很開心，是她感到最開心的事情之一。雖然現在這頓飯不是我做的，可我還是覺得很開心，我希望以後會有機會給你們做飯吃。」

我只知道看寵物的時候是這樣的心情，比如看學校的鴨子。我從來沒仔細看過同學吃飯的樣子，覺得沒什麼好看的。原來小潔看一切喜歡的人和事都是毛茸茸的。

我們還問了小潔下午的班會要講什麼，小潔說：「把我最喜歡的那個成果分享給大家。」

我一下子就猜到了是小潔和我說的那個夢境的技術。問她是不是，小潔說是。

「什麼夢境？」周小優一頭霧水。

於是我和周小優簡單地介紹了一下，周小優聽得眼睛越睜越大，最後感慨了一句：「簡直太酷了，以後我可以當科學家的話也希望可以有這樣的想像力。這是我聽到過的最美妙的科學！」

「原來的妳可不是這麼認為的。」我說，「小潔原來想送妳一個夢境的時候，無論如何都做不到，明明別人都可以的，小潔說妳的夢之門彷彿有一把巨大的鎖，夢的城堡也並沒有窗子。而我覺得妳的意念太強大了，很難聽進去別人講話，也不歡迎別人的夢進入。」

「還有這事！」周小優大聲說，在別的桌吃飯的人都忍不住停下來看我們，周小優連忙和大家道歉。周小優就去問小潔這一切到底是怎麼回事，為什麼她作為當事人一點都察覺不出來。

「都是過去的事啦！我想現在再做一次試驗一定和當初不一樣。」小潔發出一串笑聲。接下來周小優就很好奇，問她送給自己的是怎樣的一場夢。「我有點忘記當初做的什麼夢了，也許後來我做了更有趣的夢，等我翻一下挑一個有趣的重新送妳一次！」小潔說。

我們差不多同時吃完午飯，然後手牽著手去上學。我和周小優分別牽著小潔的一隻手。我們並排在人行路上走的時候經常會擋住別人要走的路，所以我們一邊走在一邊不斷地讓路，走得非常慢，等我們到達班級的時候預備鈴正好響起來。

第一節課是科學課，我完全沒有聽進去，一想到科學課下課開班會，小潔會跟大家分享那麼有趣的東西我就覺得很興奮。在這樣的狀態裡，每一分每一秒鐘都變得很漫長。下課鈴打響後小潔就過來找我，讓我找幾個同學幫她在黑板上寫今天班會的主題。

「寫什麼？」還沒等我問，坐在我前面的一個女生搶在我前面問小潔。

「寫『你瞭解你的父母嗎』。」

「都我來寫好啦！沈遲寫字那麼難看！」我的前桌說完蹦蹦跳跳地跑到講臺前面去寫黑板了。我周圍的一圈人剛剛全都圍過來湊熱鬧，然後聽到我的前桌說完這句話都笑了，小潔也笑了，清脆的笑聲從麥克風裡傳出來，特別好聽。我在心裡覺得很納悶，想著小潔為什麼要取這樣一個班會名字，和中午我們討論的事情貌似不搭一點邊。

上課鈴打響前小潔就在講桌後面站好了，古老師坐在小潔的位置上，把雙手放在腿上，像小學生一樣腰板挺得筆直。小潔站在講桌後面和講桌一邊高，只能看到她的機器頭頂，她猶豫了一下又從講桌後面走了出來，站在講桌旁邊。

「同學們，還有古老師，大家好。這是我們今天班會的主題。」小潔一邊說一邊指著黑板上的字，「謝謝蔡同學幫我寫字。我想問大家一個問題，你知道你們的父母是誰嗎？」

大家互相莫名其妙地看了一圈，沒有人回答，大家一起疑惑地看著小潔。

這個時候周小優舉手了，小潔叫她起來發言。

「父母是我們生命裡最熟悉的人了，我們一出生就認識他們。我們當然知道他們的全部，我從出生到現在每天都會見到他們。我們一起吃飯，晚上一起睡覺，一起生活，我們上學的時候他們也在想著我們，父母無處不在。所以我們要好好愛我們的父母。」周小優說完就坐下了。

「大家都知道父母在哪裡上班，做什麼工作嗎？知道的請舉手！」小潔問。

班級裡所有的人都舉手，古老師也舉手了。

「大家知道父母的生日嗎？知道的請舉手！」小潔問。

有三分之二的人把手放下了，我也放下了，我不知道我爸爸的生日，我也從來沒有問過

媽媽。讓我自己都感到很驚訝的一件事就是，小潔沒有做這個調查之前，我從來沒有意識要問爸爸的生日是哪一天。

「可是大家有沒有想過，對一個人的瞭解只是這些嗎？只是生日、電話號碼、年齡這些數字以及他們在社會上的職業嗎？這些都還不夠。我們從來沒有像是父母瞭解我們一樣去瞭解我們的父母。」

小潔說完，所有人都抬起頭來看她。

「我們的父母知道我們喜歡上什麼課，不喜歡上什麼課。知道我們喜歡吃什麼，知道我們喜歡和不喜歡做的事情，知道我們的愛好和各種習慣。而我們對我們的父母只瞭解到，他們是我們的父母，各自叫什麼名字，他們今年多大了，他們在哪裡上班。大家覺得這樣對嗎？」小潔娓娓道來。她說完這番話大家都沉默了，低著頭若有所思。

小潔說著說著就哽咽了。她哽咽著繼續說，她的媽媽是個天才，她的頭腦特別了不起，能做好多更偉大的事情，但媽媽的事業全都被她絆住了。所以小潔說她現在除了用所剩無幾的時間用心感受外面的世界之外，還要像是媽媽鼓勵她放心大膽地追求自己喜歡的事情一樣，勸導媽媽回到她所熱愛的那個世界。

整個教室的氛圍變得很溫情，有風從敞著的窗子裡吹過來，窗簾溫柔地左右搖擺，有光

在小潔的機器頭顱上來了又走，像是一雙安慰的手。這雙光的手同時也撫摸在我的心上，把很多東西擦亮了，本來模糊的一些東西變得清晰起來。

「媽媽為了讓我快樂，做過實驗都數不清了。因為我不能出去，感受很多東西，都只能通過想像，只有很少的時間可以做夢。雖然媽媽也給我買了好多5D體驗電影，她覺得這些都還不夠。她不僅充分利用醒著的時間，連睡著了的時間也不想錯過。所以她發明了一個夢境記錄儀，把她最好的夢境都送給我了，叫我在夢裡體驗生活的快樂。後來我的媽媽貌似失去了做夢的能力，或者做的夢不是很快樂，後來當我掌握了很強的做夢的本領，夢境記錄儀的主人就換成了我，我把我最好的夢境送給我媽媽，就像她當初送給我夢境一樣。」小潔說。

小潔把用信封裝著的夢境晶片發給大家。她告訴大家說，把晶片壓在枕頭底下，做夢的時候發出的訊息波就會被晶片接收到。等到晶片從透明全變成藍色的的時候就是裝滿了。到時候大家去偷一根父母的頭髮，一起交給小潔，放在夢境發射機裡，頭髮的主人就會接收到晶片裡儲存的夢境了。

「怎樣才算裝滿了呢？」有人舉手問小潔。

「裝滿的大概是五個小時的夢境，如果不滿的話就是一點點的藍色，如果裝不滿那麼在第二天做夢的時候還會接著儲存。當你覺得你有滿意的夢了就可以交給我發射出去，不用在

意是否裝滿了。」小潔愉快地說，她的笑聲一直很有穿透力很好聽，還像是一種立體聲，從四面牆壁發出來。小潔媽媽的高科技果然不一般。

雖然我之前已經聽過一次關於夢境的祕密了，在小潔複述的時候我又從心裡往外地震驚和感嘆一次。

小潔接著說，她的語速突然慢了好幾個節拍，變得很柔軟，她就用這種很柔軟的聲音說，我想把夢境記錄儀分享給大家的原因是，我和媽媽就是在夢裡瞭解彼此的。在夢裡我才知道，媽媽小時候也是個充滿幻想的小女孩，我在夢裡知道了我的乳名是怎樣由來的，知道了她的童年和少年，還有怎麼和爸爸相遇的。我媽媽也是在夢裡瞭解到我迫切地想要走出家門的願望，我經常夢見我抱著一棵大樹，聞著花香，躺在草地上慢慢合上眼睛，就這樣睡著永遠醒不過來。

「所以我現在才能站在這裡，看著大家的眼睛，看著大家眼睛裡流露出來的東西我整個身體都要燃燒起來了。」小潔衝著全班鞠了一個躬：「這些都要感謝我媽媽。」

「但大家請原諒，我現在還不能讓大家和父母彼此交換夢境，我想請求大家先替我對各自的家長保密。但父母收到夢境的第二天清晨，大家一定要問問他們，他們小時候的故事，他們相遇的故事，以及他們的夢想。我想不出意外的話他們一定願意說出這些。因為夢到同樣的東西真的是件很神奇的事啊，到時候大家一定要裝作很驚訝的樣子，到時候你們會驚訝地發現自己家裡竟然藏著一圖書館那麼多的好故事！」小潔說。

古老師帶頭鼓掌，大家也跟著鼓掌，最後大家竟然都無意識地站起來鼓掌。我感覺到有一股暖暖的能量在我的內心裡流動，奔騰不息。沒認識小潔之前我也有過這種感覺，很短暫，一會兒就消失了。而這次是一次溫暖而持久的流動，我覺得這種東西會一直在我的體內溫暖流動下去，再也不會像以前那樣凍結住了。

「小潔，老師可以和大家一樣分享妳的這個，這個寶貝儀器嗎？」鼓掌完畢後，古老師對小潔說。

「我已經準備好啦！」小潔又發出一陣笑聲，「我知道古老師現在很需要分享夢。我覺察到，古老師最近變得很漂亮，其實老師一直很漂亮，只是原來一直都把自己藏起來了。並且老師越來越愛笑了，可愛了，總覺得老師像是和我們一邊大。我就知道，在老師身上一定發生了很好的事情，要和大家分享一下。」

「竟然都被小潔看出來了，我就和大家說了吧。我找到了一個男朋友，並且我們計畫半年後結婚！」古老師站在講臺上看著大家說，眼睛裡閃爍著粼粼的愛的波光，臉上還泛著少女般的潮紅。不知誰歡呼了一下，大家一起再次鼓掌。

我仔細地盯著古老師看了半天，古老師真的變漂亮了，迷人了，也許不僅僅是因為她的笑容吧。我這樣想。後來周小優說了很精闢地一句話：「因為在愛裡，所以人變得特別美。」

下課鈴打響之前，古老師說：「這個月餘下的十幾天，我們早讀都不讀英語了，我們來分享每個人的家庭故事吧。原來我覺得自己是老師，現在我覺得不是了，有時候我也要當學生向大家學習。原來我一直讓你們向著縹緲的未來不斷努力，忽略了很多事，現在我希望我們一起珍惜當下，每一天都要好好地過。」

所有人都歡呼了，當我們歡呼著衝出教室的時候，路過的別的班的同學都疑惑不解地看著我們。我第一次覺得當光明小學六年一班的一名學生是多麼好的一件事。

第五章　六千三百七十一千米之外的心跳

第二天，周小優就帶來了她的藍色晶片交給小潔。小潔接過來看了一下說：「哇！妳整晚都在做夢嗎？都已經溢出來了，所以可能會有一些內容是不完整的。」

周小優說：「沒關係啊，我覺得不完整的夢也許比完整的更好。」

上課前周小優和小潔站在門口進行了這番對話，我坐在靠窗的位置上聆聽著。這時一個男生走進來，看到站在陽光裡的兩個女孩子，特別開心地打招呼：「班長早上好！小潔早上好！」

「以後不要叫我班長啦，叫我周小優吧。」周小優這樣說。

班會之後古老師又把我和周小優調在了一起做同桌，新一天的數學課是我們重新做同桌的第一節課。這一堂課周小優特別激動，上著上著課她突然和我小聲說：「我本來想下課和你商量的，可是我等不及了，我有一個大計畫得需要你協助我來完成它。」

「什麼計畫？妳說！」要知道我一直都是一個在上課的時候喜歡幹上課之外的一切事的

一個人。

「你還記得上次我們一起去小潔家，小潔和我們說的那段話嗎？」周小優說。

「哪段話？」小潔和我們說的話實在太多了，我覺得我猜一百天也猜不到。

「就是有關她的夢想的那段。」周小優說。

「想要走出玻璃房子擁抱我們每一個人嗎？」我說。

「不是不是，當時我們不是都感到很不可思議，除了小潔在玻璃屋子裡面生活一定要用到的，小潔家有那麼大的別墅為什麼家裡都沒有一個機器人，去問小潔，小潔不是說，房子是爸爸和媽媽當初一起生活的地方，媽媽對這裡充滿了感情，想要像是以前一樣很慢的生活。她的媽媽還知道小潔喜歡花草，喜歡天然的很純粹的生活，買了很多花草放在陽臺上。小潔一直那麼迷戀草，知道那麼多草的名字，當時小潔還說了一句她很想看草原。」

「那又有什麼用，我們也不能帶著小潔去看草原，我們要跨一片海到更遙遠的地方，我們局限那麼多，並且已經沒有草原了。」我嘆了口氣。

「我們當然能！」周小優激動地說，她顯然太激動了，這句話比老師講課的聲音都大，幸虧所有人戴著耳麥並沒有太在意。

接下來周小優翻出她的日記本，她的日記本是物理競賽的獎品。她翻出日記本裡有她畫的一張圖給我看，一邊指一邊說：「因為我們這裡沒有，別的地方還不至於這麼糟糕。這裡是內蒙古，在這個位置還有一片天然草原，雖然已經枯黃了，它們倔強的根還在那裡，我一直都很想去都找不到人一起。」

「哇塞！」我歡呼了一下，「可是，可是，我覺得這有點困難。」

「你在擔心什麼？擔心課程？擔心沒有錢？我有錢啊！這不用擔心，你就說你敢不敢蹺課吧。我都不擔心蹺課了，你成績那麼差在擔心什麼？」周小優甩了一下頭髮，我覺得她一下子變成了女超人。

我笑得停不下來，雖然她說話還是帶著天生的驕傲，可是我很開心。我剛剛確實在擔心錢的問題，課程倒是沒擔心，我在猶豫怎麼告訴媽媽。然後我和周小優說：」路費算我向妳借的，以後我想辦法還妳，可是妳哪裡來的錢？」

「我比賽的獎金呀！如果不做這件事的話，我的獎金在小學畢業的時候可以做一次太空旅遊了。」周小優驕傲地說。

「你可千萬別告訴家長啊！大人很麻煩的！告訴他們絕對會壞了我們的好事！我的夢想其實不是太空旅行，那是和無知的大人們炫耀的說法，我的真實的夢想是和親愛的小夥伴離家出走一次。謝謝你沈遲！」臨下課時，周小優和我說了最後一句話。下課鈴響起來的時

候，她開開心心地奔出門外。我還是有點疑惑地看著她的背影，我相信周小優的真正的樣子就是現在，這一定和離別的刺激沒關係。

她出去的時候我坐在座位上反思，這麼叛逆有趣的一件事，竟然不是我策畫的，而是資優生周小優策畫的。隨便想想就馬上要執行了，也許有想法不要拖著，就算沒想好也要去做是成功人士的性格特徵吧？像是我想到一件事就首先想能不能搞砸，還是仔細想想再去做，在想的過程中就覺得困難重重，就嚇到不敢去做了。真是智商不行幹什麼都不行。

周小優再回到我的身邊的時候我問了下她什麼時候出發，她說這個月最後一天出發。現在是五月一號，本來我都做好今天晚上回家收拾行李的準備了，我覺得二十多天好漫長。「也不用太著急，這麼美好的一件事，總得計畫得周密一點吧，也要保證我們是安全的。對了，你也別告訴小潔啊，我們要突然帶她走，給她一個驚喜。」

「妳也想讓小潔和我們一樣離家出走？她的替身在路上，可是人在玻璃屋子裡，不可能瞞住她媽媽的。」我笑了。

「對呀！我怎麼忘了這回事了！相處了這麼久，我一直覺得身邊的就是小潔呀！」周小優說，「不過我總覺得小潔的媽媽是特別的，一定不會像別人家長一樣告密並制止我們的。」

中午放學的時候，小潔跑到我和周小優的身邊，她站在我們旁邊好一會兒才說：「我媽

媽說要送給周小優一個小禮物。」

「最近沒有節日，也不是我的生日，為什麼要送我禮物？」周小優說。

「為什麼周小優有我沒有？」我開玩笑說。

「因為太關心妳了，所以才在沈遲那裡打聽了妳的祕密。我媽媽就說周小優是最棒、最堅強的小女孩，一定要抽出時間來做個禮物給她！」小潔是抱著書包來的，她把書包放在我們的桌子上，翻出了一個藍色的一閃一閃的不知道什麼金屬做的心臟形儀器，我從來沒見過，不知道它是做什麼用的，但覺得它很美。

「它是偵測心跳用的，好像只是對周小優一個人有用的發明。」小潔說，「我聽說那個心跳的故事了，我覺得很感動，我媽媽也很感動。它只可以捕捉人類心跳的聲音，不管多遠的距離，就算是六千三百七十一千米之外的地心，那個聲音也像是在身邊一樣。我想周小優那麼熟悉爸爸的心跳，一定能準確分辨出來，以後每天早上醒來尋找一下，那麼一天都會充滿能量，我們都希望周小優趕緊快樂起來，還有那麼多了不起的事情等著妳去做。」

周小優聽到這裡就抱著小潔哭了。

「這是我收到的最好的禮物，真的，我喜歡得不得了。謝謝小潔，遇到妳之後一切都變得不一樣了。」周小優一邊哭一邊說。

「中午去我們家玩吧，我的媽媽不在家。我們可以一起做飯吃！」

兩個女孩子聽我這麼說覺得很開心，馬上答應下來了。

「沈遲竟然會做飯？我真不放心，到時候我做給你們吃！」周小優說。

「喂！是我才覺得不可思議。妳還會做飯？」我覺得很不可思議。在我的印象裡，她只要是學習的時間都排得滿滿的，究竟是用什麼時間學的做飯呢。

到了我家之後周小優說了句很可愛的話：「我以前也沒做過，不過我感覺我會。如果小潔也吃飯的話我肯定不敢說，不過只要是我們倆的話，做得太難吃的話挺著吃一吃也是可以的。」

怎麼會有人覺得感覺會什麼事就真的會呢？小潔聽完周小優的話發出一串笑聲，我也笑得肚子疼。之後我們三個一起奔進廚房，小潔看著，我和周小優做飯。就只做了一鍋飯和一盆湯，加上冰箱裡的鹹菜，這就是我們的午飯，竟然比預期好吃很多。

我們一邊吃午飯一邊聽新聞，那是條宣布人體冷凍技術通過安全實驗檢測的新聞，最近都是關於這件事的新聞。新聞簡單介紹了這項技術，裡面說到很多聽得不是太懂的專業名詞，這個時候我悄悄看了一眼周小優，她緊鎖著眉頭聚精會神地聽著，估計她都能聽得懂。到最後新聞才說到這項技術即將用在孩子身上這件事，所有得了怪病的都會被轉移到外太空。

「是地球空間不夠用了嗎？」周小優說了一句話。

沒人接周小優的話，我們都在繼續看新聞。新聞裡說，從七月開始，依照從大洋洲到南美洲的順序進行，預計到八月工程全部完成。

「為什麼這麼快！」我和周小優異口同聲，我還沒有做好小潔馬上離開我們的準備，還想到了我們在三十一號帶小潔去草原的計畫。身邊的小潔發出了啜泣的聲音，機器身體竟然在微微顫抖。周小優抱住小潔無比有生命力的身體，撫摸著她的頭，輕輕安慰。

新聞接下來出現了一張圖片，上面寫著每個國家的時間。我們都不想看了。「妳是什麼時候？」周小優問小潔。

「六月十六號。」小潔憂傷地說，「我想和大家一起畢業。」

我也在擔心周小優說的那個問題，在我們的這個時代，適合居住的空間已經越來越少，很多地方都在荒蕪著。這種沉睡還不知要延續多少年，聽起來沒有未來，他們回來之後會有一個美麗的新世界嗎？

這個時候就只能把飛向太空想像成一個很浪漫的童話故事才不那麼難過。為了安慰大家的內心，被採訪的生病的孩子表示相比留在地上都更接受這個方式，讓他們不會太懼怕沉睡的世界了。大家都是帶著天真又有點憂傷的笑容說的。

新聞還在繼續，介紹專案裡的一些細節。我們還看到了小潔的媽媽，看到她的名字下面顯示的了不起的頭銜，我和周小優都張大了嘴巴。

「以後你們看星星的時候，就會看到小潔了！」小潔說完發出一串笑聲，她明明剛剛還在哭，「把電視關掉吧，我們不看電視了，還剩下這麼短的時間，我還是更想看你們。」

「看星星的時候……」小潔的一句話讓我陷入了遐想，讓我想到了一句美麗的話，我不禁把它複述了出來：「『如果你愛上了一朵開在星星上的花，那麼夜間，當你仰望星空時，就會感到無比的甜蜜與快樂，所有的星星上都好像開著花。』妳就是那朵花，小潔。」

「謝謝！」小潔說，「我愛你，一直到月亮那裡，再從月亮上回到這裡來。」

周小優一頭霧水地看了我好久，說：「你們這是在告白嗎？」

小潔的話讓我覺得很安慰，有那麼一天我們交流過小時候最喜歡的一本童話故事，我們說的話都是彼此最喜歡的故事裡的話。此時此刻我的眼睛噙滿了淚水：「小潔我不會讓妳在那個孤獨星球中待太久，等我長大了我要研究醫學，不不不，我從明天就開始研究醫學，妳要等我接妳回來啊。」

周小優眼睛也紅紅的，她握著小潔的手說：「沈遲那麼笨，妳等他會等到地老天荒的，妳還是等我吧。我一定會，一定會……」

「我知道妳一定會。」小潔說。

「我知道我很笨可這件事周小優妳不能這樣講！我一定能救小潔的！一定能！一定能！一定能！」我連著說了三句「一定能」，我不知道為什麼認真起來，平時我是不會和周小優計較這個細節的。可是現在我就覺得這件事像是個信仰一樣。只要有人說不相信，我就真的做不到了。

「對不起，沈遲你不要激動，真的對不起。我知道你真的想要救小潔，我也很難過。」周小優流下兩行眼淚。

「你們都不要吵，不要吵好嗎？我都感受到了！」小潔說，「雖然小潔生了怪病，但我覺得這個世界上，沒有人比我更幸福了，因為我因為我的病多比別人得到了那麼多那麼多愛。」

「愛妳不是因為妳有病，小潔。妳是本來就很可愛！」周小優說。

這天晚上很晚很晚的時候，我接到了周小優的一條簡訊，她說：「因為時間太寶貴了，所以不能再拖了，你今晚收拾收拾東西，我們明天就出發！」

她還給簡訊加了段很恐怖的聲音想要把我嚇醒，當時已經很晚了，可我還沒有睡，這個夜晚我覺得我不能睡了，我也明明知道時間這麼來不及，好多事想要做卻無能為力。

周小優說明天爸爸出發了。她說她已經連著好幾天都捨不得睡了。

「妳是想要自己離家出走，然後家裡著急開始尋找妳，於是爸爸就走不了了對嗎？」我敲短信問她。

「不是！」對講機裡面傳出周小優的哭腔。她直接轉語音給我了。她就在那邊放聲大哭，我就在這邊告訴她，我說：「周小優我不掛斷，我也不想睡，妳想說話就說話，不想說話就這樣待著，我特別喜歡這樣的夜晚。」

她只是哭了幾分鐘，就啞著嗓子對我說：「我好了沈遲。我們這次離家出走一定是最後一件胡鬧的事了，你還記得我們跟小潔許下的承諾嗎？」

後來我和周小優針對離家出走計畫和未來十年的人生規劃聊了長達一晚上的天，直到天亮了，周小優和我說晚安，她說她聽到父母走出臥室的聲音了，一會兒要去和他們談談昨晚的夢。

「妳有聽到我心跳的聲音嗎？」掛斷前我問周小優。

她說：「我知道啊，你不記得我連六千三百七十一千米之外的心跳都可以聽到的事了嗎？」

第六章　一個離家出走的願望

在當今這個時代，大家最喜歡的娛樂活動是看電影。5D電影技術已經到達了一個出神入化的程度，任何很難得到的東西，很難到達的地方都可以在電影裡短暫地滿足一下。感到寂寞的時候，大家可以在電影院裡體驗一段美好的愛情；無聊的時候也可以隨時到電影院經歷一場驚心動魄的冒險；大家都是在電影裡體驗能想像到的任何驚險的事情，因為一開始就知道是假的，也並不用真的害怕。森林、長著綠樹的山川、美麗的雲海這些事物我們都只能這樣感受到，同學們有時候聚在一起討論去過哪裡都是這樣去的，5D電影給人帶來的感受是就好像真的親自去過一樣。如果我們想要這樣「冒險」的話當然也有好多草原的電影可以去。

可我們就是這樣的人，一定要親自去看一下，不然覺得如果一直這樣的話整個生命就顯得很不真實。周小優不也是一直在說要親自去太空嗎？

因為心中裝著一件大事，我和周小優都早早地到了學校，周小優來的比我早一點，我到的時候看到她坐在校門口的欄杆旁邊。我就一屁股坐在她旁邊，周小優一轉頭發現是我很高

興：「我們不進去了，進去刷卡、出來還要刷卡就暴露目標了，我們在這裡等到小潔，直接帶她走。」

我們就坐在欄杆旁邊，開始誰都沒說話，後來周小優突然和我說：「沈遲你知道嗎，我爸爸媽媽竟然是高中同學，還是我媽媽追的我爸爸。我媽媽是一個很少表達讚賞的一個人，平時都特別嚴肅，她竟然還會主動表達愛。他們還說，等我讀高中的時候把他們當時通的信給我看。」

「哇塞這麼浪漫！」我一邊回應她一邊想，周小優的性格估計是像她媽媽。平時她就很少表達感情，很嚴肅，一旦敞開心扉了就會一下子變得特別熾熱。

在我們談話的過程當中人漸漸多起來，我們便一起往旁邊挪挪，坐到不影響走路的位置上。同時我們也停下來，仔細辨認小潔在不在其中，雖然她很好辨認但還是擔心錯過。

小潔平時一向來得很早，她和我說了很多遍，她是那麼愛現在的生活狀態，恨不得半夜都留在學校裡。而今天距離上課只有十分鐘的時間了，小潔還沒有來。周小優看著自己腕上的手錶，盯著錶針一格一格走，直到錶針轉了兩圈。她從樓梯上坐起來，和我說：「沈遲我們走。」

周小優走得很快，看上去特別焦慮，我就緊緊跟在她的後面，一邊跟著一邊問她：「周

小優我們去哪裡？」

周小優繼續飛快地走，像是沒有聽到我問的話一樣。於是我又問了一次，我一邊問一邊看向路上的行人、路上的車、半空中的公交飛車，它們都是形單影隻的，沒有並列在一起的，就像我和周小優一樣。我很想走到她身邊和她並列著走。當我問第三遍的時候，周小優突然停下來，我差點撞到突然停下來的她。

我莫名其妙地看著她，剛想質問她到底在搞什麼，她說：「去找小潔呀，現在去她家。其實剛剛我也不知道應該去哪裡找她，不過我發現我在不由自主地往她家的方向走，那麼我們就去家裡找她吧。她不在家我們就在她家門口等著，學校可能不是必須要來的地方，她總會回家的吧。」

「不會驚動阿姨嗎？不讓我們進去怎麼辦？」我問周小優。

「我說沈遲，你為什麼總會想太多？你不知道，真的想要去做什麼事的話，不應該想那麼多麼！」周小優有點不耐煩，她的語氣已經流露出這種不耐煩了。我趕緊閉上嘴巴。周小優就是這樣，她在做事的時候不喜歡別人在身邊一直吵。

就這樣走了一會兒，快到小潔家裡的時候，周小優突然和我道歉，她解釋說，不知道為什麼，小潔不在身邊，覺得自己心慌慌的，特別亂，讓我不要怪她。

小潔的家門口停了好多車，它們排成了一排從院子裡到院子外面。我看到之後深吸了一口氣，然後就拚命往別墅裡面跑，我擔心這些不知道是誰的人今天就要把小潔從我的身邊帶走了。周小優跑得比我還快，她就像是一隻兔子一樣衝了出去，然後她在快要上樓梯的時候摔了一跤。周小優這一跤摔得很厲害，我就眼睜睜地看著她第一次用雙手撐著地想要爬起來，可是衝力太大又向前滾了兩圈。

我覺得我的心臟揪了一下，趕緊跑到她的身邊。周小優疼得齜牙咧嘴，手掌和膝蓋都摔破了，還有胳膊肘，鮮血上蓋著沙子，看上去特別慘烈。「沈遲，快扶我一把，我們快跑！」周小優向我伸出了一隻手。其實我剛剛在猶豫要不要把她抱起來，可是又怕碰到她的傷口。

於是我蹲下去，讓她伸出的手搭在我的肩膀上：「我背妳，妳小心傷口，慢慢上來。」我邊蹲邊和她說。「多大點事！我自己能走！」周小優只是按著我的肩膀，一瘸一拐地往前走。我就只好配合她的節奏往前走，為了讓她不太費力我一直屈著膝蓋。

我們停到門前的時候還特別有默契地一起伸手去按門鈴。來開門的是一個陌生人，他看到我們鞠了一個躬說：「你們好，你們的家人現在都在忙，如果有事的話要等一下了。」他說完話發現周小優一身傷口，說了句：「我的天，快進來，我叫醫生趕緊給妳處理一下。」

家人們？看了看四周我就知道他為什麼會以為我們是探望小潔的家人了。現在小潔家的客廳裡擠著很多人，我們看到正中央有一張床，床上有一個玻璃罩子，小潔就安靜地躺在玻璃罩子裡，她的身邊擺著好多儀器。替身機器人在一個角落裡，我們正好路過，我看到她的手裡捧著一束礦物花，花束綁著一個布條上寫著某部門祝福小潔的話。「是鱗石英和赤鐵礦，特別名貴的花，成分是SiO_2和Fe_2O_3。」我記得古代大家在節日的時候喜歡互送鮮花，在當今時代已經不允許送鮮花了，當有特別重要的儀式時，當事人才能受到有關部門申請為其定做的地下挖到的礦物花。

我看到小潔不堪一擊的樣子，我才突然知道小潔那麼喜歡那本童話故事的理由，她從一個玻璃罩子到另一個玻璃罩子，那麼像童話書裡的植物。

小潔的媽媽穿著醫生的白衣服，正在和一群醫生測量著什麼。他們忙得滿頭大汗，看著的人都一言不發，整個氛圍都安靜極了。明明那麼多人，像是沒有一個人那麼安靜，只能聽到金屬工具互相碰撞發出的聲音。多出來我們兩個人他們誰都沒有抬一下頭發現我們。給我們開門的人找到另外一個阿姨，只見他們耳語幾句，兩位休息的醫生拿著工具箱過來為周小優包紮傷口。

「他們在幹什麼呢？」周小優問給自己包紮傷口的醫生。

周小優這麼一問，除了正在工作的幾個人，其他的人都往這邊看過來，所以我覺得剛剛醫生想要回答我們，現在馬上合上嘴不理周小優了。

「妳怎麼摔成這個樣子？還有妳是小潔的什麼家人？」包紮傷口的醫生小聲地問周小優。

「剛剛跑得太急，被鞋帶絆住了。我們是小潔的同學，並不是家人。她什麼時候能醒過來？」周小優接著問。

「咦？現在不是應該在上課嗎？」醫生問。

「是，是老師叫我們來的。」周小優遲疑了一秒鐘脫口而出，眼睛還直視著醫生的眼睛。我就在心裡感慨一句：「資優生連說謊都這麼自信。」

「處理好啦！以後走路要小心點，另外明天要記得換藥和換紗布。」醫生說，「你們的朋友快醒過來了，再等等。」然後周小優從醫生要了四天之內的紗布和藥膏，說自己以後的夢想是當醫生，要拿她自己練習一下。醫生聽到後就很開心，還送了周小優兩瓶消毒藥水，耐心地告訴她注意事項都有什麼。我們計畫離家出走三天，周小優可能覺得自己受了傷行動會變慢，自己又多加了一天。

我一直很憂傷地看著罩子裡的小潔，我覺得每一分鐘過得都太漫長了，半個小時之後我悄悄地問周小優：「他們製造的空氣夠不夠用？小潔在裡面看來是被麻醉了，缺氧了也不會

掙扎。」

周小優只回了我三個字：「放心吧！」

然後又過了一會兒，所有人開始往我們這邊走，給周小優包紮傷口的醫生和我們說：「我們也要走。」

「為什麼？」周小優問。

「他們要把小潔送回去，我們在這裡沒辦法進行。」醫生說。

我和周小優的目光都沒有離開玻璃罩子裡的小潔，見醫生們從罩子前散開了，我們逆著人群走過去，我扶著一瘸一拐的周小優。可我們還沒等接近小潔就被一個充滿力氣的手推開了，一個很嚴肅的醫生和我們說：「不許靠近！」我們四處張望找著小潔的媽媽，找到後我們就去小潔媽媽的旁邊了。我鼓起勇氣抬頭和她說：「阿姨我們可以留下來嗎？」而周小優說：「我能摸摸她的手，抱抱她嗎？」

一個人遞給了小潔媽媽一個毛巾，她拿起來擦擦額頭上的汗，說：「我們也去外面等吧，一會兒小潔就能和你們一起去上課了。」

小潔再次出現在我們身邊，沒有和以往一樣離得很遠就開心地打招呼，而是默默地走到我們身邊來。她看到了周小優胳膊和腿上纏著的紗布，很著急又很疲憊地問：「這是怎麼搞

的？」

「只是不小心摔了一下，沒大事……」周小優說，「妳現在感覺怎麼樣？剛剛他們在對妳做什麼事？」

「因為我和別人都不太一樣，要做體質測試，可能要用一個特別一點的方案。」小潔說。

「我們快點走吧，在他們頻繁地干擾我之前。一會兒他們還要開會，明天還要做心理測試，現在做心理測試還有什麼用？簡直莫名其妙！」小潔說，「我怕之後都要和他們待在一起不能和你們玩了。雖然現在不就是要好好感受一下外面的世界嗎？看看天空，看看建築，唉，雖然天空和建築在這個時候也沒有什麼好看的，我好想離家出走啊。」

剛剛氣氛一直很傷心，聽到小潔的這句話我笑出了聲音：「這麼巧麼？我和周小優偷偷從學校跑出來了，正準備帶妳離家出走！」

「真的嗎?!我們去哪裡呀？」小潔聽到後興奮極了，語氣也精神了很多，不像剛剛那麼疲憊了。

「我們去看草原，去內蒙古的克什克騰旗。」我我給她看古時候這裡的照片，我聽到小潔發出驚嘆。

「當時好多人都蜂擁過去旅遊，現在沒人去了，我們去，去看最安靜的草原。」周小優

說，她的表情看上去非常堅定。

「哇！草原！我就要看到草原了……」小潔的聲音因為太激動竟然有點微微顫抖。

「你明天的什麼測試，真的不要緊嗎？」此時此刻周小優神情很凝重。

「不要理那個心理測試了，完全是安慰小孩的。現在看草原才是最重要的事。」小潔一下子開心起來了，她還笨拙地在原地繞了一圈。小潔操縱的機器人越來越可愛了，會做各種小女孩喜歡做的動作，她在我們所有人眼裡完全是有生命的。自從小潔來，老師都不拿什麼「機械上人」和「機械下人」舉例子了。

「對啦，周小優妳現在走路會疼，我來背妳吧，我們速度能快一點。」小潔走走路就蹲在周小優面前，她把機器雙手放在機器雙腿上，整個人縮成一團。

周小優連連搖頭。估計是怕把小潔壓壞了。

「沒關係的。我的這個身體呀，神通廣大著呢。平時只有我和媽媽兩個人，她還有一個喜歡把家具搬來搬去的怪愛好。所以櫃子啊，冰箱啊，都是我操縱它來搬。」

後來小潔扛著周小優，我走在小潔旁邊，她又在低空飛行了，飛一段等我一段，像是跳舞一樣。我也覺得超開心，彷彿從來沒有這樣自由過，我像是突然回到了很小的時候，跑著跳著向前面狂奔，我們這樣走到了巴士站。周小優感慨了一路，說這特別像小時候她爸爸帶

她去海洋公園的情景。於是我很羨慕周小優，要知道，去海洋公園的人一直都很多，太小的小孩子如果不被舉起來只能夾在大人的腿中間什麼都看不到。而我的媽媽覺得海洋公園的門票太貴，捨不得去，我小的時候只和阿姨一家去過兩次，坐很刺激的深海雲霄飛車的感覺我現在還記得。

「對了！我想起來我還沒有去過海洋公園！我們回來可以去海洋公園嗎？」小潔說。

「好的，去公園！」我和周小優一起回答她。

克什克騰旗實驗牧場在內蒙古的赤峰市，在很久以前這裡是整個內蒙古最美的草原。而現在，整個內蒙古廣大的土地都已經變成了人類不能居住的地方了，只有東部的幾個城市還有人煙，整個內蒙古現在都沒有機場，有火車站的只有赤峰一個城市。因為十分脆弱的土地已經不能承載火車的重量了，甚至汽車都不行，半空飛車也不能著陸，所以內蒙古的人們都靠走路和騎腳踏車去周邊的各個地方，如果進入沙漠地區，甚至要騎駱駝。

我們現在的火車可以快速地抵達世界的任何一個地方，大家在海底修建了玻璃隧道可以跨海。聽說有的國家在挑戰在海底建立新的城市。關於草原的情況是剛剛周小優在火車上給我們介紹的內容，她也沒有提前準備好，一邊查資料一邊把重要訊息講給我們聽。然後我們就開始歡天喜地地商量在草原要做些什麼事，我們寫滿了三張紙。小潔一條條地把它們標上

號碼，先做什麼後做什麼，標著標著便嘆了一口氣說：「貌似時間不太夠啊。」這是我們三個人第一次離家出走，還不是去家附近的公園而已，真的跑了這麼遠，我們都有點興奮，尤其是小潔。

小潔在火車上感嘆了三遍：「這是我來到這個世界上，做過的最最最精彩的一件事了。」然後我還和小潔說了所有離家出走的費用都是周小優比賽的獎金，因為這次出走，周小優的畢業太空旅行計畫都要擱淺了。

小潔一聽著急了，跟周小優說：「太空旅行不夠的部分可以去找她媽媽補上。」周小優搖搖頭說：「不用不用。」不過她想了一下又馬上說：「不然等妳長大之後再還給我吧，我一定不會忘記管妳要的，一定一定要記得我們的這個約定喔。」接著她又說了一遍自己的理想和爸媽的理想。

「周小優妳果然是與眾不同的！我一定會記得的！」小潔開心了。

火車上的時間顯得很短暫，在我們說說笑笑的時候就到了。從我們的城市到赤峰是一個半小時，如果在古代的話要做飛機再轉火車，加一起可能要坐二十多個小時。

我和周小優的書包裡只裝滿了食物和水，於是下了火車之後，在大商場裡買了一個帳篷。買帳篷的時候，周小優問小潔：「妳有沒有需要的東西要買一下。」小潔搖搖頭說什麼

都不需要，自己是鋼筋鐵骨，只要我們兩個愛她就夠了。我們出走的決定太臨時了，可以說任何計畫都沒有做，住宿問題是我們剛剛在火車上才想到的事。每當想起一個沒有提前計畫好的事情，周小優都會拍拍胸脯說：「沒事的我有好多錢。」

我們三個人準備擠在一個帳篷裡，傍晚的時候看晚霞，晚上出來看星星，天要亮起來的時候看日出。這些在古代很平常的東西我們要戴上觀測眼鏡才可以看到。我們在市區吃了個午飯就借沙漠摩托沿著電子導航的指示走路去經棚鎮，這裡每隔一公里就有沙漠摩托停放的地方，因為這是在沙漠裡面可以向前走很久的唯一工具，輪子經過處理不會陷在沙子裡面。地圖顯示騎摩托車是兩個小時，然後需要步行去克什克騰旗，那個地方的沙子有的垂直成牆壁那麼高，如果騎沙漠摩托會發生危險。接下來要走三個小時。這樣的話我們走到草原就要很晚很晚了。

兩個女孩子像我一樣，對即將到來的夜幕感到很期待。因為我們平時晚上也是被關在家裡，從來沒出來過。她們和我一樣也是第一次和好朋友們通過離家出走這麼刺激的方式，在一個完全陌生的地方度過一個漫長的黑夜，想想就激動人心。騎沙漠摩托的時候我載著周小優，走路的時候小潔舉著周小優在低空中飛，我們沒感到累也沒感到餓，只是因為不停地說話特別口渴，隔段時間就要喝一口水。

周小優真的好厲害啊，其實我們都好厲害，當初只是隨便說說的事情，我們竟然成功了。沒有任何人打擾我們，沒有任何聲音打擾我們。我們就在一個從來沒來過的地方一直走一直走，就開心得不得了。

又過了一會兒，天漸漸黑了，周小優才隱隱擔心家裡的事情。「也不知道他們現在有沒有瘋狂地找我們。」我們離家出走之前關掉了手錶裡的通話系統和定位系統，讓它變成了一塊普通的手錶。我們還都猜到了老師和家長找不到我們一定會去找小潔的媽媽，然而小潔媽媽在參加一個很重要的會議，誰也不能打擾。所有人所有事情都在為我們的離家出走創造一個好的條件。小潔應該也是這麼想，周小優說完話她就說：「既然所有人都沒有打擾我們，我們就不要想這些自己打擾自己了。」

漸漸地，天完全黑下來了。我們從觀測眼鏡裡面看到了滿天的星星，周小優離天空最近了，所以她最先看到星空然後指給我們看。小潔抬起頭來看星星的時候，發出了一聲讚嘆。她讚嘆的原因一定是，她的眼睛會變焦，一定比我們看到的清楚很多倍。

城市裡面的建築太多了，我們都看不到。在這裡我覺得被整片星空扣在地面上。

「原來人煙稀少，沒有高樓的地方，星星竟然也能這麼美。我瞬間覺得我的人生又有希望了！」小潔說。小潔說這些話的時候，我沒有在看星星，在很認真地盯著她看。我看到她

的機器身體冒出幾個火花來，不知道是幻覺還是什麼。此時此刻我覺得她根本不是金屬和一堆線路做成的機器替身，她在我的眼睛裡是飄逸的，流動的，比我能想到的任何柔軟的東西都要軟。

小潔用她柔軟的聲音給我們講起星星來，她告訴了我們哪些星星是我們三個人的星座，她還能順暢地說出這些星座裡每個星星的名字，就像是順口說出班級裡的同學的名字一樣順暢，像是在白房子裡她說出草的名字一樣順暢。最後她還給我們指了她以後要去的那顆星星。

「這顆星星很特別，在所有黃色的星星當中，它是紅色的！也許有些人對色彩沒那麼敏感，覺得所有星星都是白色的話，這一顆就是暖黃色的！」小潔說。

我和周小優全都好奇地看向小潔手指著的地方。果真如此！東南方向的天空中，真的有一顆亮亮的暖黃色的星星。在天上說不清的星星當中，它顯得那麼特別，又那麼孤獨。

「這顆星星叫Antares，中文名字是心宿二。因為心宿二的亮度和顏色很像火星，而且兩星的運行軌道都在黃道，當火星運行到天蠍座時，兩個紅星閃耀天空，於是心宿二由此得名。」小潔說，「它是周小優的天蠍座裡面的一顆星星，周小優即將要天空旅行了，不知道能不能路過這顆星星。」

小潔告訴我們，這顆星星很久很久以前就去世了，它一直在膨脹，最後就會膨脹著死去，可是用生命的最後一點點時間在拚命發光，就那麼一瞬間，竟然照亮了人間那麼那麼久的時間。

「我們看似時間那麼多，其實只是短短的一瞬間，以前的人們在可惜星星快要死去了。那個時候和這顆星星比起來我們看似是永恆的，沒想到一切死去得這麼快，所有人可能比一瞬間要死去的星星先走。」小潔感慨道。

氣氛又變得憂傷起來。

我腦子裡面想的是，星星的一瞬間竟然是千百年或者上萬年，而蟲子的生命是幾天，可是幾天之內也把我們一生要完成的事情完成了。是不是人類一生、鳥獸一生、星星一生當中每一天的時間走得速度不一樣呢？所以在各自的生命當中，短暫或者漫長都是別人定義的，每個物種的時間都是差不多的。

而這個時候，周小優唱起了一首歌——一閃一閃亮晶晶，漫天都是小星星。掛在天空放光明，好像許多小眼睛。她告訴我們這是很久以前的歌謠，她說這首歌像是有魔法一樣，旋律那麼簡單，卻會讓人一下子變得快樂起來。果然是，她唱了一遍，我和小潔就記住了這個旋律和歌詞，然後我們三個人一起又唱了兩遍。我們越唱越開心。

「草原是不是快到了？」小潔問。她的聲音非常非常小，第一次我們都沒有聽見，問了她一下在說什麼，她又用很小的聲音說：「草原快到了吧，好想看看草原啊……」

是啊，草原在哪裡，我們根本沒有看到枯黃的草的根，就只有風沙。風越來越大了。

好久沒人講話，小潔突然說：「我們來背詩吧！」於是小潔背了那首語文課本上一首我一直很喜歡的詩：

敕勒川，陰山下，
天似穹廬，籠蓋四野，
天蒼蒼，野茫茫，
風吹草低見牛羊。

我一直對學業很頭疼，可我一直就很喜歡迎接考試的時候和大家一起背詩歌的日子。古詩朗朗上口又好聽，只是不管老師怎麼用現代的話解釋都還是不懂，但只要一直記得，不知道從哪一天開始就都懂了。我在拚命地想別的寫給草原的詩。

「我覺得我和喜歡的一切在一起，特別特別地幸福。我好像，好像……」我們發現她走

路越來越慢了，繼而發出一些刺耳的聲音來。

她的樣子把我們都嚇壞了，周小優問：「小潔，妳好像什麼？」

「我好像，聽到媽媽開門的聲音了……」她說完這句話就從半空中掉了下去，這之前她一直以極其緩慢的速度飛著。周小優也跟著栽了下去。她栽了下去之後便開始搖小潔的機器身體，一邊搖一邊說：「信號斷了！為什麼？她不是最厲害的機器人嗎？小潔！小潔！妳怎麼了？」她搖到後來語氣裡帶著哭腔：「妳不是想要看草原嗎？我們眼看著就快到了啊。」

「她是沒能源了嗎？」我也蹲下來，盡可能讓自己顯得很平靜，我知道只有這樣才能安慰周小優。

「從來沒聽小潔說過什麼能源的事情啊！雖然不存在永動機，可是她那麼神通廣大的媽媽，做出來的機器人一定有特別的辦法獲取能源，那樣東西一定是源源不絕的。」周小優慌了，語氣裡帶著哭腔。

「當時我們在超市買帳篷的時候，妳不是問了小潔，有什麼是她必須要用到的東西，她回答什麼來著？」我知道周小優為什麼慌，小潔是唯一可以和外界聯繫的，我們足夠安全，現在她擔心她保護不了小潔和我們自己。雖然小潔那邊會知道斷了聯繫那一刻我們在哪裡，但我們現在不知道該繼續走還是原地停著。剛剛其實也都是靠著小潔的能力帶著我們走，她

會清楚方向。現在天氣特別冷，我們覺得迷路了，無處可去。

「回答什麼來著，她說她什麼都不需要啊！」周小優說，「對了，她說了一句你們愛我就夠了，這是什麼爛回答啊！」

我們停在原地一個小時也沒有想到什麼好的解決辦法來，一陣風吹來，我們都覺得特別冷。

「繼續走吧，電子地圖顯示，我們不是快到了麼？說不定到了草原，小潔就好了呢。」我說我們帶了一個很原始的電子地圖，人走好遠才跟著動一下。本來我想懦弱地說不如站在原地等著被找到，但我覺得既然是周小優的理想就不能這麼狼狽地收場，就要繼續走，我的內心也很想要繼續走。

周小優也毫不猶疑地點頭。我把小潔背在身上，一隻手用來托著小潔，一隻手拉著周小優。小潔說她能舉得起來那麼重的東西，可她的身體並不重，應該就是同齡小女孩那麼重，這也許是她媽媽很感性的一個設計吧。而握著周小優冰涼的手，我感受到她的身體正在瑟瑟發抖。

天氣真的是越來越冷，走了兩步後我把小潔放下來，把外衣披在周小優的身上。我覺得她的嘴唇已經變成了白色，我擔心這樣下去她一會兒也會倒下去了。「周小優，妳要不要吃

點東西補充下能量？」我一邊給她披衣服一邊說。

她一邊發抖一邊說：「我們去看草原。」

我們拉著的手中間隔著那個電子地圖，周小優一直緊緊地握著，我看到我們離那個克什克騰旗草原已經很近了，我擔心周小優會突然睡過去，一直在跟她說話，開始周小優還能用發抖的聲音裝作很輕鬆地和我對答，到後來就不怎麼理我了。

周小優是個資優生，基本上所有時間都在靜止著算題，我想她現在如此疲憊可能和平時極度缺乏鍛鍊有關係，何況她昨天一夜都沒有休息。

「周小優，要不我們先在這裡搭帳篷休息一下吧？」我是真的很擔心。

「我們走吧。時間不多了，馬上被找到了。」周小優說。

她就一直碎碎唸著這麼一句話。周小優說這句話的時候，電子地圖上我們已經到了草原了，可是眼睛什麼都看不到。我們依然走在沙漠上。

我心裡已經生出一絲失落的感覺，雖然不甘心，我們需要再往前走走。我覺得這裡也許根本就沒有草原，草的根都隨著風飄走了，這裡只有沙漠。這時候我突然想到我的背包裡面還裝著一瓶雞尾酒，這本來是我想要慶祝看到大片的草地的時候和大家一起分享的。現在我想到酒精可能會有一點溫暖的作用，大概能緩解周小優的寒冷。

背上小潔後我就把背包背到前面了，我在前面的背包裡面翻出雞尾酒，拉開拉環，送到周小優的嘴邊，周小優一口氣喝光了整整一瓶。然後她真的精神了一點，她精神過來後看了眼電子地圖，開心地說：「沈遲好樣的，我努力了那麼久當落後生都沒有成功，今天我們又離家出走又酗酒的，終於達成目標了。我們就快到了！再往前一點一定是草原，沈遲我們加油！」

周小優的能量讓我覺得溫暖了一點，儘管天還是很冷，我覺得我的手都僵住了。何況周小優還帶著一身傷，後來是她勇往直前地帶著我走。

「周小優，周小優，我們走得這個方向對嗎？」我問。我的聲音竟然有點顫抖，一方面是冷，另一方面我覺得背上的小潔越來越重了。現在的時間是凌晨一點。電子地圖上我們已經走過了草原，偏離了草原很遠了。

四面的沙漠看起來都一樣，我們不知道怎麼前進。周小優終於也變得茫然起來，彷彿失去所有力氣一般，一屁股坐在地上。

「別灰心！別灰心！我們一定能找到草原的，只是現在太晚了。妳等我一下，我把帳篷支起來，我們先睡一下，等天亮了，我就能看到草原了。對了，到時候小潔也會醒過來了。」我趕緊安慰周小優。這個時候周小優才乖乖地點點頭，像個娃娃一樣。

當我賣力地支帳篷的時候，幾道強烈的光照過來，開始我以為是星星掉下來了，因為實在太亮了。後來才知道是警察拿著的超智能手電筒幾百米外發出的一道光。在這道光照到的範圍之內的東西都是他們的目標，沒過一會兒，幾個穿著警服的大人就朝我們跑了過來。

我們早上八點的時候離開學校，直到凌晨一點半被找到，離家出走一共十七個半小時。

小潔與機器替身失聯的前幾秒鐘，記下了我們到達的位置，告訴了和自己的媽媽和一同去了她家裡的我的媽媽還有周小優的父母。如她所願周小優的爸爸果然沒有去開會來找她了。當時家長們就馬上出發來赤峰，而這裡的警察接到報警信息後馬上出動。因為這裡的交通限制，他們找我們的過程彷彿並不太順利，所以多花了一些時間。

當我們從經棚和警察一起到達赤峰的時候，我們的家長已經等在那裡了。

到了人多的地方小潔的替身機器人就醒過來了，這起初讓我們覺得很困惑。小潔的媽媽用好長的時間跟我們解釋說，小潔用的能源是美好的感情能源，不過要在一千平方公里之內感受到十個人以上的感情，才可以補充能源。不然儲存的能量只能維持兩個半小時，這一點小潔以前也不知道。小潔的媽媽說，美好的感情包括愛啊、希望啊、信仰啊這一類東西。

她還說，在替身機器人上實驗了這麼久，覺得這個能源非常好，將來會公諸於眾。

在當今這個時代，所有的煤、碳類資源全都枯竭了，只能用太陽能、潮汐能這類資源，

據說這些也會有一個盡頭，科學家們一直在尋找各種可能會用到的新能源。當阿姨說到美好的感情能源這個概念的時候，我突然想到剛剛我們一起看到的星空。我隱隱覺得這個機械時代要過去了，因為我相信感情能源。在未來，我喜歡的那個「車，馬，郵件都慢；一生只夠愛一個人」的時代會以一個更好的形態回到我們身邊來。

尾聲　妳住在星星上面

周小優的爸爸遲了一大去了省裡的地心項目組。走之前他和我們約定要一起救地球，他先衝上前去，我們隨後跟上。他說這些話都沒有把我們當小孩子看，他說小孩子都是神，大人在做地上的事小孩子在做天上的事，他說因為我們可以很容易就看到事情的本質，不像他們往往會走很多彎路。真的可以讓很多沒救的事情起死回生。

說來也怪，當有大人開始欣賞我的時候，後來在很多我都不相信自己可以做到的事，有人相信了，還是真的棒的大人相信我，我就加油去做，然後就真的做到了。

回到學校之後，小潔每一天都和周小優回家，她說要把悄悄話都說完，然後她在新聞裡所提到的時間前一週就離開班級了。小潔離開班級的前一天沒有告訴任何人，包括我和周小優，她就自己一個人悄悄地走了。不過她在離開的前一天，把那臺夢境記錄儀交給了周小優。她說她來不及聽完每一個同學的故事了，讓周小優熟悉一下儀器，幫她完成這件事情。我們當時真的太遲鈍了，完全沒有意識到這句話就是告別。

第二天小潔沒來的時候，我和周小優和上次一樣衝去她的家裡找她。這一次，我們班全體二十個同學都一起來了。同學們跟在我和周小優的身後。然而這一次，沒有人來給我們開門了，連院子都被鎖住了。

「她們要去很遠的地方嗎？她不是說要和我們一起畢業嗎？她為什麼提前走這麼久還不打招呼？小潔的身體可以允許她可以走那麼遠嗎？她感染了怎麼辦？她哭了怎麼辦？」周小優不斷地問問題，沒人能回答她的問題，她問著問著就哭了。在她眼淚掉下來的前一秒，一隻手輕輕地放在了她的頭上表達安慰。

「古老師！」我們倆一起抬頭，然後一起喊道。

我們是在下課後衝出去的，周小優掌管著查紀律的權力，她的卡可以刷開大門，就這樣我們一群人跑了出去。我們覺得沒有驚動老師，不知道古老師如何出現在這裡的。

「我也是剛剛才知道，我和你們一樣，也很捨不得小潔。」大家把古老師圍在了中間，聽古老師這麼說。

「所以古老師您快把小潔找出來啊，讓她回到我們身邊來。」有的同學說了一句。

「她媽媽的手機關機了。」古老師說，「小潔從來都是一個有禮貌的孩子，我想，她是故意不和大家說再見的，我們也不說再見，我們也不要難過，她一定可以用某個辦法看到此

時此刻的我們，我們不要讓小潔擔心和著急。」

後來我們所有人，衝著院子一起給小潔唱了一首歌。我們還每個人說了一段話給她聽，有人還表演了武術和跳舞，我們就非常天真、非常認真地把那一片空地當成了舞臺，路過的人紛紛側目。

當實在沒有辦法的時候，孩子氣的舉動真的特別安慰人。很久很久的時間過去了，大家依然記得那一天，我們還集體出了幻覺，我們覺得小潔當時也在，我們就是這樣為小潔送別完她才走的。

後來，我們小學畢業了。在我們小學畢業之前我和周小優無數次地去小潔家，渴望見到她的媽媽一面。可是小潔家一直鎖著門。

我的猜測是，小潔的媽媽一個人回來住在這裡會受不了，一定去做一場漫長的旅行治癒自己去了。周小優搖搖頭，說她還有那麼那麼多美好的專案想要公諸於眾，一定和她的專業團隊去忙這些美好的事去了。

果然是天才更能瞭解天才。

對了，畢業考成績我們班是全年級最好的一個班，並且全市畢業聯考榜首就在我們班。我不說大家也都會猜到吧，這個狀元就是周小優。光明小學也沒有被合併，反而成了著名小

學。大家一下子都知道了校長的名字，不僅僅是因為他創造了一個成績上的奇蹟，更是因為他知道小潔沒有看到草原的事，發給我們每位同學一支油漆筆，讓我們去操場上畫一株草。大家也因此知道了那個小小潔的小女孩的存在，我在心裡發誓我要把小潔的故事寫給他們看，於是就有了現在這個故事。在全市都在取消文史類課程增加科技課程的時候，我們學校增開藝術課程。後來有更好的學校要我們的校長，可是校長沒有去。

畢業後的一週古老師穿上了婚紗，成為了別人漂亮的新娘。我和周小優坐在下面看著一直微笑的古老師，她真的整場婚禮都在笑，古老師此時此刻一定感到很幸福。

「我覺得我很羨慕古老師身邊的那個叔叔。」周小優說。

「我也很羨慕。」我說。

周小優的爸爸去了地心。據說那裡環境很艱苦，要穿著很厚的隔熱衣。周小優說她並不能分辨爸爸的心跳聲，可是聽到別人爸爸的心跳聲也不錯，每一種都是有故事的，每一聲都覺得被安慰。

周小優太空旅行回來後送了我一個天文望遠鏡，我就天天用這個望遠鏡看那顆暖黃色的星星心宿二。看得久了，我竟然能從灰濛濛的天空中，用肉眼一眼分辨出那顆星星來，在夏天它清晰的時候，以及冬天不清晰的時候我都能找到它。

只要在夜晚，我走在外面，不管身邊走著的是誰我都要抬起手來告訴他：「你看那顆暖黃色的星星，它叫心宿二！」

而這個時候我身邊的人就會很疑惑地和我說，明明什麼都沒有啊！

這些都還不是最重要的，最重要的是，小潔留給周小優很多夢境記錄晶片，我要來了一些，把我最好的夢都記錄下來留給小潔。醫生不是說她會一直睡著嗎？那麼會不會做夢呢？我不知道。如果可以做夢的話，我們的聯繫就沒有中斷。

因為周小優去了省裡的初中，我們假期才見了一次面。我把她約出來吃西餐，當我欣喜地把這些夢境交給她讓她發射給小潔的時候，她嘆了一口氣說：「可是我們沒有她的頭髮呀！」

我竟然一直忘了這個細節！

不過沒關係，萬一以後我們創造出了一個不用頭髮也能把夢境發送給小潔的儀器呢？

「你在家有沒有很努力啊？你忘了我們說好以後一定要接她回來麼？所以夢還要留著，反正夢境也不會過期，多少年後我們親自交給她。如果幾年之後我們發明出了不用頭髮的夢境發射儀器，或者十幾年之後可以接她回家。我們都長成大人了，夢裡我們還是小時候的樣子。」周小優說。

周小優的話像是白房子裡面的草的種子一樣堅固地種在了心裡，它們成長的速度很快，

我竟然漸漸地也變成了一個成績好的資優生。可能也不全是因為周小優，還有我的媽媽。媽媽幹人工智慧的體力活越來越吃力，現在一回家就躺在床上，提不起精神做任何事。於是我在週末的時候，便和媽媽一起去工廠讓她在一邊休息我來幫她做，然後在晚上廠長來檢查結果的時候悄悄離開。我就是在這個時候才知道我的身體比我想像中的更有力量，這也莫名地讓我在心裡開始認同自己了，變得更有自信，應該是自信感也藏在一株草裡，剛剛從內心裡長出來。

我原本是個那麼那麼糟糕的人，每當我欣喜地發現我又變得好一點的時候，我就會想起她，那個笑起來像鈴鐺又像泉水的女孩子。

因為她的到來，我已經過去的時光，我正在體會的時光，和即將到來的時光，都變得天真而明亮起來。

兒童文學35　PG1938

小潔和替身機器人

作者／岳冰
插圖／東mi、月象
責任編輯／洪仕翰
圖文排版／周好靜
封面設計／蔡瑋筠
出版策劃／秀威少年
製作發行／秀威資訊科技股份有限公司
114 台北市內湖區瑞光路76巷65號1樓
電話：+886-2-2796-3638
傳真：+886-2-2796-1377
服務信箱：service@showwe.com.tw
http://www.showwe.com.tw

郵政劃撥／19563868
戶名：秀威資訊科技股份有限公司
展售門市／國家書店【松江門市】
104 台北市中山區松江路209號1樓
電話：+886-2-2518-0207
傳真：+886-2-2518-0778

網路訂購／秀威網路書店：http://store.showwe.tw
國家網路書店：http://www.govbooks.com.tw
法律顧問／毛國樑　律師

總經銷／聯寶國際文化事業有限公司
221新北市汐止區康寧街169巷27號8樓
電話：+886-2-2695-4083
傳真：+886-2-2695-4087

出版日期／2018年2月　BOD一版　**定價**／220元
ISBN／978-986-5731-84-7

國家圖書館出版品預行編目

小潔和替身機器人 / 岳冰著. -- 一版. -- 臺北
市 : 秀威少年, 2018.02
面； 公分. -- (兒童文學 ; 35)
BOD版
ISBN 978-986-5731-84-7(平裝)

859.6 107001137

讀者回函卡

感謝您購買本書，為提升服務品質，請填妥以下資料，將讀者回函卡直接寄回或傳真本公司，收到您的寶貴意見後，我們會收藏記錄及檢討，謝謝！如您需要了解本公司最新出版書目、購書優惠或企劃活動，歡迎您上網查詢或下載相關資料：http:// www.showwe.com.tw

您購買的書名：________________________________

出生日期：________年________月________日

學歷：□高中（含）以下　□大專　□研究所（含）以上

職業：□製造業　□金融業　□資訊業　□軍警　□傳播業　□自由業

□服務業　□公務員　□教職　□學生　□家管　□其它______

購書地點：□網路書店　□實體書店　□書展　□郵購　□贈閱　□其他

您從何得知本書的消息？

□網路書店　□實體書店　□網路搜尋　□電子報　□書訊　□雜誌

□傳播媒體　□親友推薦　□網站推薦　□部落格　□其他__________

您對本書的評價：（請填代號　1.非常滿意　2.滿意　3.尚可　4.再改進）

封面設計____　版面編排____　內容____　文／譯筆____　價格____

讀完書後您覺得：

□很有收穫　□有收穫　□收穫不多　□沒收穫

對我們的建議：________________________________

____

____

____

請貼
郵票

11466
台北市內湖區瑞光路 76 巷 65 號 1 樓

秀威資訊科技股份有限公司 收

BOD 數位出版事業部

....

（請沿線對折寄回，謝謝！）

姓　　名：________________　年齡：________　性別：□女　□男

郵遞區號：□□□□□

地　　址：____

聯絡電話：(日) ________________ (夜) ________________

E-mail：____